m

阅读之前 没有真相

午夜文库

平行物语

[日]西泽保彦 著
徐嘉悦 译

NEWSTAR PRESS
新星出版社

目录

1	PARACT 1 回幻
65	PARACT 2 回杀
143	PARACT 3 回秘

PARACT 1 回幻

梦的核对……听到这句话,人们会想象出怎样的场景呢?

比如有人会想象,多年前和童年玩伴互诉未来的梦想,说着"我想当职业棒球运动员"或是"总有一天我要成为自己作曲作词的原创歌手",过了十年、二十年的光景之后,来一场戏剧性的重逢,然后核对彼此的梦想究竟是实现了,还是有待努力。

然而,我和阿素分别看到的梦,以及所谓"核对",并不是这回事。我们看到的,是赤裸裸的预见性现实……而且常常与人命有关。

*

当啷啷——随着开门铃铛的响起,在这里兼职的小桃,即有末桃香条件反射地说道:"欢迎光临。"

走进店里的,是一个留着中长头发、长着鹅蛋脸、乍一看很年轻的女孩,其实他就是阿素,即有末素央,三十岁,是我的外甥。

"哟呵,好像老长时间没见了呢,素央叔。"

阿素在吧台的坐凳上落座,小桃给他递上了热毛巾。

"是啊。前段时间,时广舅舅和正广办的宴会我也没能去……"

阿素的话语莫名有些含糊，他与我对上了视线——就像碰巧迎面撞见那般。

"这衣服，不错。"

小桃没察觉我们两人的眼神交流，而是盯着阿素那穿着薄荷绿针织衫的胸口看。

"在哪儿买的？"

"这件在'Reminder'买的。"

"手感真柔软，穿着应该挺凉爽。不错，下次我也去逛逛好了。"

如此交谈着的两人，在旁观者眼中，会是一种怎样的场景呢？两人实际只相差了八岁，或许会被以为是一对感情很好的姐妹吧？

再怎么想，也想不到他们是继父女的关系。

真是不可思议。阿素没有加塞任何衬垫，胸前毫无起伏，嗓音也是男人该有的音调。

然而，他完全不会让人觉得是男扮女装。即便是我，和他接触时的感觉与其说是外甥，不如说更像是外甥女。偶尔看到素颜的阿素，我甚至会有那么一瞬间的困惑，问他"干吗特地做男装的打扮"。

"喝什么？威士忌兑苏打？"小桃问着，视线突然落在阿素的腿上，道，"你不热吗？"

虽然从我身处的厨房位置看不到，但我知道她正因为某样东西蹙眉。刚才阿素进店的时候，我确认过他穿的是蜜糖色的长筒袜。

那确实看起来很闷热。今天是二〇一九年八月二十日，星期二，离二〇二〇年东京奥林匹克运动会开幕式不足一年了。

虽然店里的空调还算凉爽，不过小桃自己是短裤派，很少穿短裙，于她而言，这种装扮就是不折不扣的闷热。毕竟小桃这丫头敢在前年从本地的女子短期大学毕业之后，又重新考入现在就读的这所公立四年制大学，当时她就大言不惭地说："就是因为不喜欢穿那种求职的正装嘛。"

她更是宣称："长筒袜和紧身裤这种衣服，不就是用来塑形的拘束服吗？简直是在刑讯逼供啊。要我穿那种玩意儿，还不如去死呢。"既然如此，穿短裤套装的正装也未尝不可，本意只是不想去求职罢了。而她一看到长筒袜就嫌弃也是实实在在的。

另一厢的阿素，则一本正经地表示："长筒袜和紧身裤是我的第二层皮肤，甚至可以说是我天生的皮肤。"也不知道他是恋尼龙癖还是别的什么癖，我不得不臆测，他是不是将穿遍所有女装长筒袜视为最重要的目的，所以才选择了男扮女装。

"刻子奶奶，你也是呢。"小桃笑着对我说，"最近明明总穿五分裤。欸？在那边看不到？就五分裤嘛。"

刻子奶奶这个称呼，听着就像是时代剧里登场的中年妇女，但是我本人——久志本刻子，今年五十七岁，还有三年就迎来花甲之身了，说是中年妇女也没错。

顺嘴说一句，我这座城堡——西式居酒屋"KUSHIMOTO"，或许是店名没取好，直到现在还有顾客以为这里能吃到炸串或烤串而进店。每次我都在考虑要不要换个店名，可一想到要办理各种手续，就觉得麻烦，最后还是放着不去管它了。

小桃拿出了一本黑蓝方格相间的手账本。

这是她自备的备忘录，用来记录每天客人都点了些什么单。

她将顾客们——包括熟客在内——有什么爱好、偏好点什么这类信息，都做了数据化管理，可以灵活运用于每天的待客之道。有这种热心于工作的员工，我可真是求之不得，深感荣幸。

"素央叔，你要点什么？老规矩来个蒜香虾，还是牡蛎脆皮烙菜？"

"啊，等我朋友来了再点吧。"

"朋友？"正准备做记录的小桃发出一声怪叫，"这可稀罕了。难道是新交的女朋友？"

"不是。是米兰。"

"是兰兰啊？"

"她说，想介绍一个人。"

"哟呵，该不会是男朋友吧？"

"可能吧。"

"肯定是那个人。对吧，刻子奶奶。上次去时广公公的别墅时，兰兰带去的那个人……"

严谨一点来说，我的大哥——久志本时广是阿素的舅舅，也就是说，他应该算是小桃的舅公，但小桃经常称呼他为"时广公公"。

"咦？"

装着威士忌苏打的玻璃杯才往嘴边送到一半，阿素又放回了杯垫上。

"米兰带去的……呃，咦？她带了人过去吗？就之前那个星期六，去时广舅舅的别墅？"

"嗯。我记得名字是叫平海吧？听说和兰兰是小学的同班同学，初高中都在不同的学校，赶巧进了同一所大学的同一个学院，然后就这么机缘巧合地开始了交往。"

"居然……"

"哎呀，怎么了，素央叔？因为兰兰有了男朋友就大受打击吗？是不是类似老父亲的那种心情？"

"没、没有，不是的……"

阿素喝了一口威士忌苏打，像是要重振精神一般。他的动摇，并不是因为外甥女米兰，即忽那米兰交到了男朋友。

而是因为他听到的内容，与自己所预知的未来完全不一样。

这一点我是很清楚的，但此时此刻，我不能揭露这个秘密。

"所以，那什么……"阿素再次开口了，但看似还在斟酌词句，"呃，那人，感、感觉如何？"

"你说平海？没什么特别，印象中就是个普通的好青年。"

"不是，我、我问的不是这个，就是说……"

开门铃铛响起，打断了阿素的声音。走进店里的是一对年轻男女，但并不是米兰他们。

"哎呀呀，你好呀，叔分儿，欢迎光临。"

被小桃称呼为"叔分儿"的正广，大概还是听不惯这个绰号，微眯着眼睛露出苦笑的表情。

他——久志本正广，是我大哥时广的大儿子，也是与阿素同岁的表兄弟。

也就是说，他相当于是小桃的从叔，从叔不仅是指"表亲叔父"这个身份，也包含了这个身份的称谓。小桃是懂得这一点的，出于好玩心态，才会以"叔分儿"来称呼正广。

见是正广，阿素回头隔着肩膀说了一句"哟，好久不见"，同时将身体转了一个方向。

"前几天没能去派对，实在抱歉。这位是？"他掌心向上，朝向正广带来的那位女子，"未婚妻吗？"

"嗯。惠麻，金栗惠麻。"

"您好。"

金栗小姐恭敬地低头行礼，一头染成金色的短发扎成两束小马尾，看着像是在扮演漫画或电影里的角色。

如果她的面容再稚嫩一些，或许不会太让人在意，但她的姿色略显成熟，很难想象和小桃一样是二十二岁，这样的发型其实是不协调的，甚至有点辣眼睛了。

据高中与她同年级的小桃说："我没跟她直接交流过，不太了解情况，不过以前的惠麻是短发圆脸的妹子，很朴素，一点都不起眼。"

"请吧。"小桃示意正广去坐靠里的位置。他点点头，带着金栗小姐来到窗边的长沙发，两人并肩落座。

戴着眼镜的正广身材微胖，看着很像那种追捧地下偶像[①]的粉丝，也就是以前常说的"宅男"，从某种意义上来讲，和金栗小姐的双马尾倒是挺相称的。只不过拜那张童颜所赐，实在不觉得他比女方还大了八岁，倒是有一种出奇的姐弟恋氛围感。

"真是稀奇了，居然能在这里见到素央。"

"或许吧。"

阿素拿着自己的玻璃杯站起身，移动到散座位置。

"他们两人倒是经常来店里。"

听着相对而坐的两位外甥一来一往，我插嘴道："听你这么一说，倒也没说错。很少见你们这样同席。"

"谁让叔分儿经常踩着晚上开店的时间点带金栗来吃饭，就

[①]日本特有的文化现象，指没有通过经纪公司出道的艺人，主要演出场地为社区剧场，一般不会出现在电视台、官方场合等主流媒体平台。

跟同伴出勤①的流程一样。"

小桃把装着生啤的大啤酒杯放在正广跟前，又在金栗小姐前面摆了一杯柠檬鸡尾酒。

"而素央叔这边基本都是等到离打烊还有一个小时的时候，才晃晃悠悠地过来，自个儿静静待着。那个时候刚好也没什么客人了。还真就是经常一个人来，从没见过他带谁一起上门，也太孤寂了吧。"

"你嘴上这么说，万一素央真的带了新交的女朋友来，你怎么想？"

正广鼻子下方沾了一层白沫形成的胡须，笑嘻嘻地说道："内心应该淡定不了吧，从侄儿？"

"从侄儿"这个发音，听着也会让人以为是时代剧里的剑客或别的什么人物，然而这其中的说法是，于正广而言，小桃算是他表兄弟的女儿，也就是"表侄女"，正式的称谓应该是"从侄"。

唯独正广一人以"从侄儿"称呼有末桃香，而不是昵称"小桃"，不消说，这是因为他自己被安上"叔分儿"这种令人无奈的绰号，所以搞了一点小报复。

"担心肯定是有的。万一他有了女朋友，还要再婚的话，素央叔肯定会说出'婚纱给我穿'这种话的。"

"晕，你担心的是这个啊？"

正广喷笑出声，金栗小姐则戳了戳他的上臂："我问一下哦。"

"嗯？什么？"

---

①特指日本风俗行业的陪酒女郎在酒店营业时间之前，与男性顾客在店外相约共餐、购物等，等到营业时间开始再带着顾客去酒店出勤。这种方式可以有效利用营业时间刚开始时的空座率，增加营收。

"我在想,该不会……"

金栗小姐的视线从正广身上转向身处厨房的我,接着又移到小桃那边,然后才再次看着阿素。

"你们该不会,在合伙耍我吧?"

"欸,啥?什么意思?"

"这一位,真的是……"

她用手心向上的手势,示意着阿素,道:"他真的是,小正正的……"

"是我的表哥啊。有末素央,我老爸他姐姐的儿子。怎么,被素央的女装惊到了?他喜欢男扮女装,我就在想他今晚也会弄个美女妆来的。之前不是跟你提过的吗?"

"嗯,这个我当然知道,但是……"

"是不是因为看他太美,把你吓掉魂儿了?这小子遗传了他妈妈。素央的妈妈,就是我老爸和刻子姑姑的大姐,生前那可是个绝世的玲珑美人,连我小时候见到时,小心脏都忍不住怦怦跳呢。"

"不是啦不是啦。我不是这个意思,那个,我是说,这位先生……"

"你是觉得他跟从姪儿看起来没相差几岁吗?确实,他们的年龄差不像是父亲和女儿,倒像是感情好的姐妹。"

当啷啷——像是打断正广的话一般,开门铃铛响了。这回进店的也是一对年轻男女。

有那么一瞬间,我差点儿以为是来了新客人。

"欢迎光临。"来人应着小桃的招呼声,朝她露出宠溺的笑容。我才发现那女孩是兰兰,即忽那米兰。

"舅舅。"

她朝阿素挥了挥手，那诙谐的态度举止就像在模仿动画片里的女主角。

"久等啦。"

"哎呀呀，我还以为是谁呢。"

阿素站起身，将自己原本坐着的椅子让给她，脸上也是一副困惑的表情，"完全认不出来了，你这形象转变又是这么夸张。"

我也吓了一跳。上周末在大哥时广那栋常世高原的别墅见到时，她还是一头能让人联想到市松人偶的齐刘海长发，穿着尺寸略大、遮掩体形的衣服，总之就是维持着初高中时期一以贯之的"忽那米兰"形象。

然而现在的兰兰，将那一头及腰长发一刀剪去，变成了清爽凉快的波波头。

T恤搭配牛仔裤的这身装扮显得她苗条纤细，差点被错认为另外一人，让人不得不担心是不是她瞎搞了什么短期减肥的操作。

"你是突然变瘦的？还是说，纯粹因为不穿大码装了？"

"毕竟我是个大学生了嘛。"

兰兰取代了阿素的位置，在正广的正对面落座，又让同行的男人坐到自己旁边的椅子上。

可被劝坐的那位对象——平海，似乎有些心不在焉，伫立着不动，盯着转移到正广斜前方座位的阿素。

"因为我不需要再套上各种盔甲了，我不做重女①了。"

"兰兰以前是个重女吗？不过说来也是，你看着像是各方面都轻巧了，这不是挺好的吗？正好现在也要换季了，清爽一些好。"

---

① 日本年轻人的流行用词，即"沉重的女人"的略称，特指在恋爱关系中女方对男方倾注过多感情、关注和依赖，使人感觉精神负担过重，容易遭人厌弃。

"其实今年一月份我就偷偷剪头发了，毅然决然地剪掉了。本就是打算在高中毕业典礼上以短发形象亮相的。"

"欸，真的吗？"

"不过我预感自己到最后关头会胆怯，还是事先准备了一顶跟原本发型一样的假发。结果，果不其然啊。"

"这么说，你之前是戴着假发？一直戴着吗？"

我忍不住插嘴："上周坐车去别墅时，也是一路戴着的？我完全没看出来呢。"

兰兰的亲生父亲是有拉美血统的美国人，因为取了那样的名字，同年级的孩子们曾对她说："兰兰你这个人嘛，如果瘦一些大概会是米拉·乔沃维奇[①]那种水平的美人吧。"这话听着像是欺凌的言论，不过现在这么一看，也有可能是客套或玩笑话。

"我也想过在别墅的派对上别那么沉闷，以一个清爽的样子亮相的，但最后还是在派对之后才下定决心。说到底，我就像个胆小鬼一样，这半年来都戴着假发……咦？"

兰兰向后扭转身体，越过肩膀看向厨房，似乎直到现在才发现平海一直呆立在桌子旁边。

"怎么了，由征？你不坐吗？"

也不知平海由征有没有听到兰兰的声音，只见他以缓慢的动作微微倾斜身子，目不转睛地盯着我这边。

"我说……你，这是要……"

小桃正忙着把湿巾和水杯摆在桌上，平海避开她，摊开双臂，将身子转了一圈，说道："不对，不对不对不对。这可不行呀，各位。"

[①]美国模特、演员、歌手，曾主演《生化危机》《三个火枪手》《怪物猎人》等动作影片。

他又看了我一眼，然后将视线依次转向阿素和兰兰，道："我知道，我清楚着呢。大家都合起伙来耍我玩，对吧？就算这位小姐装成兰兰的舅舅，还有……"

没等平海说完，店里的人就哄堂大笑了。他的反应跟刚才的金栗小姐如出一辙，但其本人并不知情，因此表情有些愠怒。

"不不不，我们可不会演这种闹剧。"

被兰兰"咯咯咯"地笑了一通之后，平海终于在女朋友旁边坐下了。

没想到，在这些人当中，金栗小姐和平海倒成了"与阿素初次会面"的盟友关系。

"你们好，我是有末素央。"

阿素一一对着金栗小姐和平海点头示好："我是正广的表哥，米兰母家这边的舅舅。"

"也算是我现在的监护人。"米兰补充道。

前年二〇一七年，兰兰的母亲——三十六岁的忽那加奈子骤然离世。她跟那个在母校"私立斑鸠女子学园"担任外语指导老师的男人终究没有登记结婚，在二十岁那年分手之后就一直是单身母亲的状态。

翌年二〇一八年，兰兰的外祖父——七十三岁的忽那元章也驾鹤西去了。

顺带一提，我的姐姐忽那年枝——旧姓久志本，是元章的续弦，在七年前的二〇一二年就去世了。

听着有些混乱，在此稍微整理一下我们这些亲戚的关系吧。

阿素，即有末素央是忽那元章和年枝所生的儿子，与兰兰的母亲忽那加奈子是同父异母的姐弟关系。为什么他姓有末呢？那是因为在二〇〇九年，二十岁的阿素与年长他十七岁的有末果绪结婚了。顺理成章地，有末果绪的前夫之女小桃，即有末桃香，就成了阿素名分上的女儿了。

阿素婚后五年的二〇一四年，有末果绪走了——以凶杀案被害人的形式。

"素央先生是桃香的继父，也就是说，您是那位作家，有末果绪老师的先生喽？"金栗小姐插嘴问道。

平海瞥了她一眼，大概是想重整旗鼓吧，便点了一杯跟她一样的柠檬鸡尾酒。我本来还犹豫要不要提醒他尚未成年这件事，转念又作罢，恐怕他在大学的联欢会之类的场合早就喝过酒了吧。

"我看过您太太的书，在高中的时候。虽然我知道她是同年级有末同学的妈妈，不过当时和桃香在学校也几乎没有交流的机会，至少没有亲近到可以拜托她帮我拿个签名的程度。"金栗小姐的表情突然变得阴郁，"不过，好像就在高三那会儿吧，我看到一个令人震惊的新闻，说是住在我们本地的作家有末果绪被人杀害了。而且那个凶手是……"

说到这里，她好像突然回过神一般，掩嘴不语了。

也难怪她会这样。因为那个杀害有末果绪、且事后自行了断的人，偏偏就是小桃的亲生父亲，轰木克巳。

"有末果绪老师的很多书都被改编成影视作品，常销的也不少呢。真是厉害啊。"平海用刻意开朗的语气调和气氛，"直到现在，书店里仍摆着长长一排老师的著作呢。原来那些书的版权现在都归素央先生了。"

"是我沾光了。"

有那么一瞬间，阿素露出了难以形容的表情，好像在懊恼自己说错了话。他说道："多亏如此，我一个无业游民才能靠着亡妻的知识产权，过着不劳而获的日子。"

"说得也是，舅舅你呀……"兰兰装作开玩笑的样子，但语气听着多少带着一些挖苦，"不仅能靠太太，还有外公那份呢。"

"欸，这话怎么说？"平海困惑了，"说到兰兰外公的遗产，你应该也有继承权吧？"

"妈妈去世的时候，外公的财产大部分是跟产业相关的，所以为避免他过世后给公司的人添麻烦，就把他个人那部分整理了，提前分给了我和舅舅。不过外公去世后，在公司那些人的请求下，舅舅继承了一部分公司事务。"

阿素继承了知名企业家忽那元章的公司——虽然只是一部分，再加上亡妻的版税收入，称他一声有钱人也不算是夸张。

"不过，素央现在是兰兰的监护人，也是唯一的亲人。"正广向小桃追加了一杯生啤，说道，"所以，素央的财产也算是兰兰的财产了。"

"目前算是吧。但如果舅舅现在死了，那些财产将全部由桃香继承。我不过是他外甥女，跟桃香可不一样，我不是舅舅的孩子。"

我隐约觉得，兰兰这一句话，瞬间就让她和小桃之间形成一种带着不祥的紧张氛围。

遗产继承。我现在大概是对这个词有些敏感了。

当啷啷——开门铃铛今晚第四次响起。

"哟呵。"

进门的人是久志本时广。

他是正广的父亲，也是我的大哥。他一身西装打扮，领带是松开的。

大家并没有事先向店里预约，却逐渐演变成仅限亲戚参加的聚会,整个店都被包场了一般。

"难得啊,大家都聚到一块儿了。"

时广笑眯眯地跟店里的每一个人点头打招呼。他明年就花甲了,发际线后退严重,但多亏他那张不输给儿子正广的娃娃脸,比他小两岁的我反而经常被人误认为是姐姐。

"时广舅舅,前几天不好意思。"阿素以一种女性独有的优雅姿势站起身,深深地低头鞠躬,说道,"难得您办了宴会,我却没能去。"

"没事没事,别放在心上。东京的事情都忙完了吗?"

"啊,嗯,算是吧。托您的福……"

"不管怎么说,男人还是忙一点好啊。话说回来,我们聚在这里,刚好重现了星期六那天的派对嘛。"

确实,唯一不同的就是星期六没去别墅的阿素,现在也和大家聚在一起了。

"您、您好,久志本先生,前几天多谢您的邀请。"

大概是受阿素影响吧,平海也有些怯生生地起身,几次点头哈腰。

"连、连我这个外人都被招待,真是不好意思。不仅享用了美食,还让我留宿了。"

"干吗这么客气呢?你是米兰的朋友,那就相当于是自己人了。"

"那天真的玩得很尽兴。"

"尽兴了就好。"

"那栋别墅可真气派啊。我都震惊了,简直跟大酒店一样,还有那么多的房间。而且每个房间都是又宽敞又豪华,做单人房都奢侈了。"

"哈哈哈，最重要的是你住得满意。那下次就找个人跟你同屋住吧，免得浪费了空间。"

我这位老哥耍了几句油腻大叔式的玩笑话，然后将视线转向写着"本日菜单"的白板上。

"我看看，今天的沙拉是什么？喔，是烤鸡肉啊……"

"都说了，烟熏三文鱼不是每次都有的。"

"这事儿我也知道，唔，可惜了。"

大哥那意气消沉的表情，就像一个孩子拿不到满心期待的圣诞礼物，看着有些搞笑。

星期六我带了自家制作的烟熏三文鱼去别墅招待客人，时广似乎很是中意，用以往少见的激动神态和口气大加赞赏道："绝品啊！真希望你店里也能卖这个。"我不过是模棱两可地说了一句"店里的本日菜单偶尔会出这道菜"，没想到他还真的带着这种心思上门了。

"啊，那道烟熏三文鱼，真的是太美味了。"

说是阿谀奉承，未免有些过了，不过平海总是会附和着时广的一言一语。时广挥了挥手，让他赶紧落座。

"刻子啊，抱歉，我改天再来吧。倒也不是说烤鸡肉不好吃，你可别介意。店里都是些年轻人，我这么个老头子在这儿混难免会给大家扫兴。那我走啦，下次见。各位，你们好好玩。"

*

"无论如何挣扎，未来都不会改变，只能接受命运的安排……在此之前我一直是这么认为的。"

阿素坐在刚刚还属于金栗小姐的位置上，叹息一声："但是……怎么也没想到，实际上会改变成这样。"

"确实是没想到。"

"那天，在时广舅舅的别墅里并没有发生那样的惨剧。没有人……遭到杀害，一个也没有。一切如同往常。大家都还活着，时广舅舅、正广、金栗小姐，还有桃香和米兰。"

"以及你，阿素。"

我来到刚才平海坐着的椅子落座。

此时是八月二十一日，即翌日的凌晨零点刚过几分钟。已经打烊的KUSHIMOTO里只有我和阿素两个人。

从刚才开始，电视机里就在无声地播放着黑白电影《卡萨布兰卡》，我拿起遥控器，关掉了电视。平常在店里做收尾工作的时候，都会像这样播放西洋老电影，这是我从以前就养成的习惯，等收拾一结束就会马上熄灯、锁门、回家。我对电影本身没什么兴趣，所以有好几部电影从未认认真真地看到片尾。

不仅是电影的内容，连出演的男演员阵容我也毫不关心。至于这部《卡萨布兰卡》，能得我青睐的并不是亨弗莱·鲍嘉或是保罗·亨雷德，而是只有英格丽·褒曼。

若是在平日，收拾结束后我就会赶紧回家，然后用卧室的电视无声播放《丧钟为谁而鸣》之类的影片准备入睡，但今晚估计是没办法这么做了，因为接下来有非常重要的"梦境核对"在等待着我和阿素。

"但是，未来是有可能发生改变的。我之前是这么想的。"

"欸？"

"不仅是我，你做了那样的预知梦，一开始也认定这就是自己的命运，一度放弃挣扎了，对吧？"

"这个……没错，确实是这样。"

"但是一番烦恼之后,你选择了星期六不去别墅。你当时是不是抱有一种期待,觉得这个选择说不定能更改预知梦里所描绘的未来场景,对吧?"

"以那样的方式……"

阿素凝视着虚空,喉头一滑,把声音咽了下去。

"正广就在我跟前被杀人魔割开了喉咙,我自己也被捅了腹部倒下了。虽然我拼了命想躲开,结果还是被那人骑跨在身下,割断了喉咙……"

"我当时大概是魔怔了吧,那个杀人魔拿着沾血的菜刀压在阿素身上,我竟然就这么朝他冲过去。结果被砍伤了上臂,三下五除二就被反杀了。不过从结果来看,或许是那个伤让我冷静下来,从而找到自救的办法。详细经过我后面再说吧。"

"如果说,以那种非日常的方式遭到杀害是我的命运,就算我不去舅舅的别墅,那个穿得一身黑的杀人魔大概还是会闯到我家来吧,但也有可能不来。没错,我是带着这么一丝希望,祈祷着做出了那个选择,这一点我承认。"

阿素垂下脑袋,叹了一口气,又突然受惊一般地抬起了头。

"等、等一下。姨妈……您原本是觉得,未来的场景有可能被改变的,对吧?那您,还敢在星期六跑去别墅?"

我点点头。

"据预知梦所示,姨妈是唯一一个从杀人魔手里逃生的人。先一步遇害的我没能看到结局,但您是仗着自己最终不会死,以此为保障而去了别墅……"

我再次点点头。

"可是,万一预知梦描述的未来内容,并不一定是确定的事项,而是可以变更的,那搞不好姨妈会代替我或者正广,被那家伙割破喉咙或捅穿腹部而死。"

"现在一想,确实有那种可能。虽然是这么个道理,但我总觉得,如果在阿素说不去派对之后,我也表示不参加,会不会变成干涉过多了?呃,我指的是干涉未来。"

"你是说,过度干涉吗?针对未来的?"

"再说了,万一我不去,要让谁来准备食物呢?搞不好到时派对就得中止或延期了。我是觉得,最好尽量减少这种操作,避免本来应该发生的事情无法发生。"

"原来是这么回事。"

听了我的解释,阿素似乎可以接受。然而,事实并非如此。

明明预知会发生惨剧,我还偏偏前往大哥那栋别墅的案发现场,其实是使命感使然。我一心想着至少要尽我所能地救下小桃的命。不,应该说,就当是为了阿素,我也必须救下小桃。而且就状况而言,也只有我能救了。

但是,如果我坦白说出这个心思,情况会如何呢?阿素大概只会觉得很无措吧。

刚想到这里,就见阿素的脸有些扭曲,露出一个深深自嘲的表情。

"虽然现在才说这话也晚了,我所采取的行动,还真是挺利己主义的。"

"你是指,只顾着自己逃命获救,对其他人见死不救?"

"既然已经预知星期六会发生什么事,我本应该硬着头皮去别墅,努力去阻止那个杀人魔发狂才是啊。身为目睹了桃香、正广遇害惨状的人,这本该是我的责任啊。"

我和阿素不同,他没有亲眼看到兰兰和正广的遗体。

"可是到头来,惨剧并没有发生啊。或许正是因为阿素没去派对，才有了这样的结果，不是吗？"

"这个嘛……不，这个，还真不好说。"

可是在我看来，与阿素这种缺乏自信的口吻相悖的是，他心中有一种只要他不去别墅就能避免发生惨剧的确信。否则，就算他不在意其他人的生死，肯定也不会对小桃见死不救的。

话虽如此，对于自己这种预见究竟有何根据，阿素大概也有一种说不明白的焦虑感吧。而帮他解决这个困扰，也是今晚这场"核对"的目的。

"未来发生了很大改变，因为我们的干涉。"

我脱口而出了"我们"一词，其实这里应该说"因为阿素的干涉"更合适吧？这么一想，我打了一个寒战，幸好阿素似乎对这个说法并不纠结。不管怎么说，事后总归是要好好解释一番的。

"比我预想的改变还要大。那个杀人魔引发的杀戮惨剧并没有发生，这一点自不必说，而让我震惊的是米兰竟然把男朋友带去别墅了。那个叫平海的人，在姨妈那边的预知梦里并没有登场吧？"

我点点头，道："还有一个很不一样的变动。"

"欸，什么变动？"

"一个姓猪狩的女人，据说是时广未婚妻，她星期六那天没来别墅。"

"啊？"

阿素的表情变得有些哭笑不得。"呃，这是什么意思？那个宴会的主要目的不就是为了同时介绍正光的未婚妻金栗小姐，和时广舅舅的未婚妻猪狩小姐吗？"

我又是机械性地点点头。

"那怎么会主角不到场呢？难道是突发疾病？"

"时广说，婚约临时取消了。"

"这不可能。"阿素挤出的声音几近呻吟，"到底是什么原因，导致了这种离谱的历史改变啊……"

其实，这并不是什么历史改变，而是既定路线罢了。只不过突然揭露这个事实，让阿素有些混乱了。还是一步步往下推进吧。

"实际上的星期六那天，别墅里没有发生那场惨剧，这件事本身并不是历史改变。总之，我们先开始相互核对各自的预知梦吧。"

在我和阿素陈述上周做的预知梦之前，我还是给各位解释一下这个特殊能力吧。

简单粗暴地说，这种能力就是"通过幻视，提前看到未来已确定的事情和现象"。

有一点必须事先说明：我和阿素所做的预知梦并非"即将到来的某月某日会发生某事"之类的神谕，只不过是让我们提前体验自己在一定天数之后的未来会有的经历（就好比电视上的画面，但下方并不会体贴周到地附上字幕说明"这是公元××年×月×日拍摄的画面"），但是这段经历究竟是一个什么状况，会发生什么事，我们通常是无法当场就看得明白的。

举个例子，距今七年前的二〇一二年十月十九日黎明时分，我做了这么一个梦。

时间是下午三点左右，我在店里做开店准备，阿素在这时打来电话，问："我妈是不是去店里了。"

我反问"出了什么事"，阿素回答说年枝的丈夫忽那元章做大肠癌手术住院了，本来她是要去探病的，但在病房里一直没见到她来,手机也打不通,所以来问我知不知道情况。

"我还以为她肯定跟果绪待在一块儿呢……但果绪也说她不清楚。"

于是我给姐姐发了信息,也留了语音留言,但是没得到任何回复。

左等右等之下,时间来到晚上八点。阿素的电话打到了正在经营的店里,说,刚刚警方联系了他。

"他们发现妈妈了……说发现时心肺功能都停了……人在车里。"

而阿素跟我一样,在十九日黎明以他的视角和立场体验了这场内容差不多一样的梦。

在当下那个时间点,我和阿素并不知道"忽那年枝失联后遗体在车里被人发现"的这个未来,具体会在几月几日发生,也不知道她的死因为何,详情一概不知。就算自然醒来之后想跟年枝本人提醒一下,也总是不顺利。最多也就稍微跟她说一句"你准备什么时候去探望元章姐夫""开车的时候小心点啊"之类的。

而且,当时我和阿素也不知道,当我们从十九日的午后到夜晚在延时体验黎明时分所做的梦时,姐姐已经在开车前往医院的途中,突发心肌梗死。她好不容易才把车子停稳,却停在少有人来往的地方,导致被人发现时为时已晚。

各位听明白了吗?为了方便,我将其称为"预知梦",实际上并不是神明给予了什么启示。

在我们自己的梦境中,除了直接所见所闻的情况,我们得不到其他任何的信息。

当然,在自己调查能力的范围内,我们可以搞清楚当天场景重现(即预知的延时体验)前后各种附带的相关事实,前提是——这些都是已成事实的未来。

为什么唯独这一次，预知梦里同时出现了"可能发生的未来"和"现实中不会发生的既定过去"？

顺带一提，我和阿素具有的预知梦这项特殊能力，差异只在于视角不同，连细节部分的内容基本都是一样的。且不论原因，这完完全全是同步化了。每当我们做了跟人命相关的不祥之梦，例如梦到了亲戚或好友的事故或葬礼，就会像这样碰个头，对照彼此梦里的细节以作确认。然而——

这次不一样。接下来，我和阿素准备进行预知梦的核对，因为我们没搞清楚到底是谁，又是出于什么原因杀害了时广、小桃和阿素等人（以现状来说，应该是企图杀害才对）。至少，阿素自己是如堕五里雾中的。没错，因为未来确确实实发生了改变。

按理来说，如果现阶段有人正深深地怨恨着小桃和阿素他们，就算我们避免了上周在别墅里发生的案件，今后被人索命的风险还是会继续存在的。这一点，阿素自己是非常清楚的，如同切肤之痛一般。

为了应对这种局面，我们两人的预知梦里会不会就埋藏着关于谁是凶手、动机为何的线索呢？这次核对的目的就是要验证这一点。

这个我和阿素所做的预知梦，发生在本该有惨案那天的前两天，即八月十五日星期四的晚上。确切来说，是日历翻过一页的十六日星期五的凌晨十二点刚过。

"阿素，你的梦是从哪一段开始的？也是坐在车里往常世高原去的场景吗？"

"是的。梦里那会儿正准备停靠在国道沿线的休息区。米兰说，在进山路之前想去趟厕所。"

"我确认一下,当时车里只有米兰和你两个人吗?"

"是。"

"没有其他人了?"

"当然没有。为什么这么问……"

阿素抬起头,突然瞪大了眼睛,道:"……至少车后座是没有人的,这一点我可以确认。搞不好有人偷偷藏在车子后备厢,而我们都没发现。"

阿素一本正经地验证这种堪比粗制滥造悬疑剧的可能性,或许是觉得自己这种行为很滑稽吧,他苦笑了一下,又立刻恢复了严肃表情。

"或者是不知不觉间,有人开车尾随着我们……虽然荒唐无稽,但事实上确实有这种穷凶极恶的人。那家伙是通过什么途径来别墅的,这是非常重要的关键。"

看来阿素已经设想这件事是外人所为,但是很遗憾,这个可能性可以排除在外了。只不过,现在揭露个中原因也只会越说越乱,我觉得还是之后再说。

"姨妈的梦里,也正好是在开车去别墅的路上吗?"

"当时小桃正在帮我把提前准备好的烟熏三文鱼、和牛切块和按人头分量的食材堆放到小货车里。看到那一幕我便明白了,这应该是下个星期六上午的场景吧,再过一会儿我们就要去时广的别墅。"

啰里啰唆的真是抱歉,可我们现在要核对的,就是"本该发生的事情,实际上却没有发生"这件事。

此前的预知梦对我们来说就等同于已经确定的现实,这次却完全变成了"没有这回事",这种状态让我们多少有些混乱了,所以要重复强调这一点。

"说起来，桃香和姨妈比我们晚了大概二十分钟才到。"

我和阿素的预知梦不仅是内容同步，连做梦的实际时段也是差不多重合的。

例如这一次，在十六日星期五凌晨十二点半到六点半的整整六个小时，就是这场梦的上映时长，当中包含了间隔的时段。顺带一提，这里的间隔，希望各位能把它想成类似剧院里的中场休息。在做梦期间，我和阿素都有一度醒来的时段，而这个时段是不是如字面所说的如厕小憩时间，还要依个人情况而定，不过我们回归梦境第二幕的时机（就目前我们彼此核对的内容来看）几乎是同时的。

我和阿素都是独居人士，平常也不会去了解彼此日常生活的常规流程。除非是同居的家人，要不然我们这两个就寝起床时间都合不上的人，预知梦的做梦时间怎么可能如此完美同步呢？这个原因我想不明白。

难道是分居两处的我们，因为睡眠时间碰巧合得上，才诱发了这种不可思议的现象吗？

又或者，是预知梦在发生的同时，会对我们彼此的深层意识施加某种未知的影响，引导我们同时就寝、同时起床？

梦境中的时间流逝和我们实际上的睡眠时间，似乎也是基本同步的。虽然不曾正经确认过，但我有这种感觉。

然而有点麻烦的是，我们六个小时睡眠时间所做的梦，并不一定就是六个小时的内容。问题在于那个间隔时长，就算我们的如厕小憩时间实际只花了几分钟，但梦境里的第一幕和第二幕之间有时是相隔了好几个小时的。

详细情况接下来我会一一解释，不论我们体验过几次，还是有各种规则性的问题理不清。

说到底，预知梦这种现象究竟是怎么一回事，又为什么会出现，终究是一个谜，所以这么多的疑问，不论我们再怎么思考也是无济于事的。

"去了休息区之后呢？兰兰在车里的状态如何？"

"说到她的状态嘛……"

"没什么不对劲的样子吗？"

"没有。她就一直坐在副驾驶的座位上玩手机。"

"没跟你聊天吗？"

"不至于谈天说地，就简单聊了一两句吧。"

"聊了些什么内容？"

阿素有点困惑地眨眨眼睛，问："聊什么，很重要吗？"

"毕竟兰兰是其中一个受害者，搞不好她提到了跟凶手的身份、动机有关的内容，不是直接也有可能是间接提到的。"

"嗯……我觉得应该没有谈到这种奇怪的话题。大概就是聊了正广的未婚妻金栗惠麻，据说她是桃香的同学。还有，时广舅舅的未婚妻猪狩小姐以前和金栗小姐在同一家高级酒吧里共事过，现在好像转到另一家店了，就这一类的。"

"嗯，这些话应该都是阿素说的吧，那兰兰有什么反应？"

"她就'嗯嗯''喔哦'虚应了几声，基本上心不在焉的样子。"

"没说其他的？"

"我觉得没有了。"

"你说她一直在玩手机，在那期间，没人给兰兰打电话吗，或者是发了私信、LINE 信息？"

"确实收到过一次信息，我想应该是 LINE 吧？一开始我听着声音像是从车后座传来的，还以为是自己放在挎包里的手机响了。结果米兰说是她的手机收到了信息。"

"真的是她收到了吗？"

"欸？"

"有没有可能那个提示音其实不是来自兰兰的手机，而是你的？"

"这不可能。因为到了别墅之后，我本想从挎包里拿出手机的，但是没找到。我把手机落家里了。"

"原来如此。"

"姨妈那边是什么情况呢？和桃香一起去别墅的路上，有什么不对劲的事吗？"

"我们也是聊了金栗惠麻和猪狩小姐的事。我问了小桃，她的同学金栗小姐为人如何，小桃回答说，高中期间她们一次都没聊过，不是很清楚。不过她觉得现在的金栗小姐，在店里算是优质客人那一类。"

听这中规中矩的模范答案，估计小桃是不想与金栗构建除了居酒屋服务员与客人以外的关系吧。至少在我看来是这样的。

"那关于猪狩小姐聊了什么？"

"小桃说，'没实际碰过面不好说，但那个女人会不会是盯上了时广公公的财产呀'，带了点儿开玩笑的语气。"

"老实说，我刚开始听到再婚这件事的时候，首先怀疑的就是这一点。她跟时广舅舅的年龄差都可以当一对父女了，而且还是舅舅常去的那家KTV的员工。或许是我带了些偏见。"

"如果是从这个层面来看，金栗小姐可能也是盯上了财产。"

"也是，正广的产业似乎也挺顺风顺水的。"

"不仅是他的产业。时广的所有财产终究会由正广继承吧，只要和正广成为正式夫妻，对于金栗小姐来说，时广的财产也就相当于是属于自己的了。"

阿素的表情突然变得严肃可怕。

他在想些什么，我是十分清楚的……他在想：预知梦里时广和正广父子俩被人杀害，是跟舅舅那些莫大的财产有关吗？

但是在八月十七日那天，两对情侣都还是未婚夫妻的状态，猪狩小姐和金栗小姐都还没有权利继承财产。更何况，金栗惠麻本身也在梦里被那个神秘杀人魔掐死了……

"其实关于这些事，还有一个情况是你不知情的。听说正广和金栗小姐早就做了结婚登记。"

"欸？真的吗？"

"只不过是星期六我实际去了别墅的那场宴会，才第一次听他们说的。"

"也就是说，金栗惠麻早就改姓为久志本了？"阿素沉思了一会儿，道，"……这难道也是被变更的一部分未来吗？预知梦里没有正广和金栗小姐宣布完成登记手续的场景，至少在间隔以外的时段没出现过。不过……"

"是啊。正广在间隔期间宣布了那件事，这个可能性也是有的。所以，或许未来的这一点并没有发生改变，但也可能发生了，也就是五十比五十的概率吧。"

"真是怪了，既然都带着金栗小姐来了，正广那家伙刚才怎么不说这件事呢？我指着金栗小姐问是不是未婚妻的时候，他明明可以说两人已经登记了呀。"

"大概是在举行仪式和宴会之前，他还是有一种飘飘然的未婚夫心情吧。而且，从正广的角度来看，结婚登记的事已经在星期六那天公布了，他以为阿素也早就听我们当中的某个人说了这件事吧。"

"是这样吗？可是，虽说是开玩笑的口吻，在背地里说人家'会不会是盯上了财产'，总觉得不太像是桃香会说的话……不对，如果说她见过猪狩小姐，那还说得过去，可在当时，人家还没介绍给我们认识就说出这种话……"

"这一点嘛，其实是有一个伏笔的……"

我犹豫过，说出这件事会不会影响阿素的心情，但为了推理验证，最好还是全部坦白吧。

"最近，时广每次来这里吃饭的时候必然会谈及的话题，就是关于阿素你的事情。"

"我？他说了些什么？"

"他说，你妻子已经走了五年，是时候别再沉迷于男扮女装，要认真考虑一下再婚的事才行。"

"唉，说这些……"

"他还说，既然不是因为喜欢男人才把自己打扮成女人的，那还是另娶个老婆比较好，毕竟你才三十岁。只要你愿意，他可以用自己的人脉给你介绍相亲对象。"

"这话听着，还真是昭和大男子主义的做派。"

"时广每次说这些事的时候，我都能清楚地感受到小桃内心的不爽，虽然她嘴上没说什么，害得我都替时广捏一把汗。"

"桃香？她在不爽些什么？"

"毕竟那样一来，就等同于时广在暗地牵制小桃啊。暗示她老大不小了，不能妨碍继父开启人生的第二春……"

"欸？不会吧？难道舅舅觉得，是因为桃香成了我的枷锁才导致我不想再婚吗？"

"他当然不可能直接这么表态啦。只不过，他会装作和我聊天的样子，明显是故意大声地说给小桃听。"

阿素的脸蒙上了一层既悲伤又可怜的复杂神色。

"这么说可能有些过火，不过说到底，时广也是在催促小桃赶紧去嫁人，让她别想着一身悠闲地去重读四年大学，应该赶紧让你卸下担子。"

"唉，卸什么担子啊。虽说我和桃香是名义上的父女，但我们又没住在一起，跟她没什么关系吧。"

"至少小桃深信，时广'王子'认为你不再婚就是跟她有关。她觉得自己被指桑骂槐了，心里难受着呢。"

"时广王子？这是什么称谓？"

"因为对小桃来说，他相当于是舅公那一辈的亲属关系嘛，所以就把时广舅公的称呼缩略为时广公公。不过这回像是故意把'舅公'的发音拉长，听起来像是在叫王子①。"

在劝阿素再婚之前，"王子"最好还是先担心一下自己挑女人的眼光吧——在前往别墅途中，坐在副驾驶座位上的小桃曾略带讽刺地如此放话道。

"一个明年就要花甲的老鳏夫，还能有一个跟自己儿子差不多年纪的女人那么积极地贴上来，而且一步步走到订婚的地步。正常人都会怀疑对方会不会有什么邪恶的意图，对吧？"

"说得也是啊，想来有不少人都会有同样的疑惑。"

"所以小桃说，时广'王子'认清现实的能力有所欠缺，就像是一个在花园里嬉闹的王子。"

"原来是这么回事。桃香之所以说人家盯上了财产，不是觉得猪狩小姐有什么不对劲，而是在反抗舅舅啊。"

"大概是吧。然后呢？你们离开休息区之后，就直接去了别

---

①日语中"舅公""公公"的发音与"王子"的发音相近。

墅吗?"

"不是的。我们去了一趟'常世酒店',去吃饭。"

之前就说好了,我和小桃会准备别墅那场派对的大餐,还有第二天食用的烟熏三文鱼,但除此之外的饮食要自行解决。

"呀,这么巧。我和小桃也是在那家餐厅解决了午饭。大概是和阿素你们错开了。对了,你们吃了些什么?"

"我和米兰都点了盐烤大马哈鱼套餐。"

"点的菜也是一样。毕竟那是他家的特色餐食,就在酒店前的河里捞的鱼。用餐过程中兰兰的状态如何?也是沉迷于刷手机吗?"

"吃饭时倒是完全没碰手机。大概是因为第一次吃到大马哈鱼吧,她边吃边嚷嚷着'这是什么鱼呀''怎么这么好吃呀'。"

"也就是说,你们在餐厅里是正常交谈的?都说了些什么?聊了大学或者交男朋友的事吗?"

"没聊这些,倒是聊了元章先生的事。"

阿素是从什么时候开始将自己父亲忽那元章称呼为"元章先生"的?

第一次察觉这件事,是我去参加他和桃香的妈妈有末果绪结婚时的亲友聚餐那会儿,少说也得是十年前的事了。

或许他这么做也是想表明自己不再是忽那家的儿子,而是有末果绪的入赘夫婿吧。不管怎么说,人的适应力真是强啊。对于阿素称呼父亲为"元章先生"的做法,以前的我是认为有些不妥的,现在却觉得这就是阿素的做派,心里也就接受了。

"米兰最后说起她去医院探病,不过那好像也是去年春假的事了。她说,当她告诉外公自己明年就要上高三时,外公脸上露出了既开心又难过的复杂表情。"

"大概是悟到自己大限将至了吧，或者该说是油尽灯枯了。熬过了妻子年枝忽然离世的打击，身体暂时有所好转，却又旧病复发再次住院，真是够呛啊。屋漏偏逢连夜雨，代替亡妻照顾他的女儿加奈子竟也因为急性蛛网膜下腔出血去世了，简直就是祸不单行啊。再怎么刚强的人，这么连番打击之下心终究还是会扛不住的。"

"事实上，他似乎说过泄气话的。他说原本是想努力撑着看到米兰结婚，看到曾孙的模样，但大概还是撑不下去了。米兰为了鼓励他就说，就算看不到曾孙出生，至少得努力撑着看到她去就职上班。"

"这时间线划分得还挺细。"

"她还说，虽然没决定要做什么工作，但会用第一份薪水请外公吃大餐。"

"外公听了这话，肯定会努力的。但是……"

"但是到头来还是没能如愿。听米兰说起这些事，我很是感慨……看来元章先生对着孙女，还是没有说出真实的心声。"

"对着阿素你这个儿子，就算躺在病床上了，他也没对你说真心话吗？"

"至少他没对我说过'大概撑不下去了'这种泄气话。不仅没说泄气话，还很强势地说什么，他肯定能活到九十岁，让我赶在那之前再婚生个孙子给他看。"

"真要说的话，这也是他的真心话吧。"

"说到真心话，元章先生还说过，既然我妈已经过世，我也没必要再跟果绪在一起了，让我赶紧跟她离婚，改回忽那这个姓……"

假如我站在忽那元章的立场，肯定也会说出一样的埋怨吧。

毕竟阿素之所以跟有末果绪结婚，完全是为了给母亲忽那年枝和自己的妻子发挥牵线搭桥的作用。

且不论用"假结婚"这种词来形容他们的关系合不合适，既然年枝已经去世，阿素作为果绪丈夫的意义也不复存在了。

"抱歉，话题扯远了。米兰接着还说，虽然请不了外公吃大餐，但作为替代，今天这顿午餐的钱就由她付了。"

"什么意思？"

"听她说，上个月开始去打工了。是时广舅舅介绍的。"

"时广介绍的？该不会是承租了他名下大厦里的某个店铺吧？"

"据说是在他熟人儿子儿媳开的精品百货店。因为刚刚领了打工薪水，依照惯例要请客的。"

"惯例？是说孩子拿到第一份薪水就要请父母吃一顿吗？不过也是啊，现在年枝、加奈子和元章都不在了，兰兰唯一的亲人和监护人就是阿素了，你相当于是她父亲了。那么，听到这个提议你作何反应？乖乖接受了吗？"

"当然了。她说了这么招人喜欢的提议，只能是双手双脚赞成啊。"

看到阿素打从心里感到高兴的表情，我却陷入一种复杂的纠结情绪。

兰兰是一个好女儿，这是毋庸置疑的。她对于阿素的那些亲昵的情感和感激的心情也不掺一丝假情假意，这一点我可以打包票。但是——

同样是表达情感，需要用这么黏糊糊的方式吗？对于这一点，我要画一个大大的问号。这不像她的作风。当然了，此时此刻我不会特地提出这个问题。

"其他呢？有没有什么让你特别印象深刻的事？"

"付完钱准备离开餐厅的时候，进店的客人与我们擦肩而过。我总觉得那张脸似曾相识，对方也貌似一脸惊讶，笑着点头致意了一下。这倒是没什么，只不过到现在我还是没想起那个人究竟是谁。"

"那个人是什么模样？男的女的？"

"男的。戴着一副圆眼镜，头发和嘴边一圈胡子都是白色的。"

"哦，是古濑先生。"

"古濑？"

"我这里的熟客。就是那个，常常坐在……"我指了指吧台的座椅，"大概这个位置。"

"这样啊，原来是店里的客人，难怪眼熟。"

"所以，那个人果真是古濑先生了。我们在酒店的餐厅里吃饭时，也碰见了一个跟他很像的人。那人被领到窗边的桌子，和一个年轻女人一起吃饭来着。他好像没发现我们，所以就没打招呼。"

其实这只是表面说着好听，我真实的想法是，除了在店里，我不想和古濑先生在其他地方有所牵扯。

"确实是和一个年轻女人在一起。我当时还想是不是他女儿来着。"

"谁知道呢。据我所知，古濑先生的妻子早年离世了，没有留下一儿半女的，现在就靠着退休金优哉游哉地过日子呢。当然，这些只是在酒馆里听来的闲聊，也不知道是真是假。听说他常常光顾正广爱去的那家高级酒吧，和金栗小姐也是认识的。"

何止是认识，听小桃说，金栗小姐曾抱怨过，店里有一位熟客古濑先生对她热烈求爱，让她头疼不已。古濑先生这个人，本质上算是一个好人，但那种昭和男人身上，不自觉就会做出性骚扰、精神骚扰等行为的习惯，还是让人难以招架。

不过，听人家这么抱怨的小桃却表现出一副漠不关心、与我何干的表情，这一点反而让我很感兴趣。换作平常的她，对于这种男人自我感觉良好的言行举止，肯定会像一团烈火般义愤填膺，要费老大精力才能让她冷静下来。

看来她还是想跟金栗小姐保持一些距离吧？又或者……小桃心存戒备，不乐意对方以性骚扰、精神骚扰这类问题为借口来找她商量，以免自己的内心被过度侵蚀。

"吃饭过程中，桃香有没有什么不对劲的样子？"

说是敷衍或许有些过了，但阿素很明显是走形式一般，为了续上话题才这么问。

"这个嘛，要说有还真有。"

听到我这么回答，阿素瞪圆了眼睛。

"小桃一直在说'这时广"王子"到底在打什么算盘呀'。"

"这话怎么说？打什么算盘？"

"按小桃的意思是，虽说搞到了一个跟女儿一样年纪的未婚妻，但要把她介绍给亲戚朋友这一点，看着就非常不合理。"

"也没什么不合理吧？我倒是觉得，这挺像是时广舅舅会做的事。大概是想向大家显摆一下，'我老头子还是有人要的'。"

"这是自然，娶到一个奖杯妻子就想向世人大肆炫耀，这应该是男人的通病吧。"

"什么叫'奖杯妻子'？"

"世间有一种看法，男人能娶到一个又年轻又漂亮的妻子才称得上成功人士，也是人生赢家的象征和证明。毕竟是奖杯嘛，肯定要拿到人前显摆一下。所以，他想办派对的想法是可以理解的。"

"那就不算不合理了。"

"但是，'王子'这人的做派，应该会先不露痕迹地宣布自己娶了一个年轻女孩，再任由旁人恳切请求，一定要给众人好好介绍一下新娘。我先说明一下，这不过是小桃自己的见解。她觉得，为了宣布婚事而把亲戚朋友都召集过来，这不像'王子'会做的事。"

"唔……我有点云里雾里。会不会是她过度解读了？"

"小桃说了，退一万步来讲，就算这次真的是他抑制不住想炫耀的欲望，为什么要约在别墅呢？"

阿素眨眨眼睛。

"小桃说，总共八个人的规模，找个市内的料亭，或是找熟人订个法式包厢，办法多的是吧。为什么非要专门跑到前不着村后不着店的常世高原那里的别墅呢？"

"唔……"

"她又说，如果是在介绍未婚妻之余顺便招待大家到新建的宅子里聚一聚，那还能算合理，但那栋别墅都有将近十年的楼龄了。对于亲朋好友来说，现在才招待未免晚了，如果是想带猪狩小姐和金栗小姐来，有的是其他机会嘛。"

"听桃香这么一说，确实是呢。所以她才会怀疑时广舅舅在打什么算盘吗？那么举个具体的例子吧，会是什么算盘呢？"

"照小桃的想法，她觉得可能是时广准备了什么只有在别墅才能实施的恶作剧吧。"

"姨妈觉得呢？以妹妹的角度去想。您这位大哥，会准备什么奇怪的惊喜来作弄大家吗？"

"说不定他就是那种不识趣、胡搞瞎搞的人。"

"打着算盘……假设桃香这个判断是对的，难道时广舅舅的那个秘密小屋的宅子，是跟那里有关？"

"那个，是哪个？"

"啊，当时姨妈没和我们一起去。那是到了别墅之后的事，我之后再解释吧。"

其实我知道时广那个作为秘密小屋的宅子，但是现在解释起来会很烦琐，以后再说吧。

"我们出了餐厅后，花了大概三十分钟到达别墅。在停车场停好车，时广舅舅就从别墅正门那里出来了。这倒不奇怪，只不过舅舅说他正要去接猪狩小姐，这让我很诧异。"

（"欸？现在要回镇上去？"）

（"不是不是。其实啊，她昨晚在常世酒店住下了。"）

时广很是欢喜，笑着对一脸震惊的阿素这么说。

（"她念叨那家酒店很久了，难得来一趟，就央求我让她去那里住一晚。"）

虽然已经办理了退房，不过猪狩小姐似乎很中意河畔的咖啡屋，说想在那里多休息一会儿，怎么都不能挪步。

（"不过我担心太晚来，你们就没法进屋了。"）

按理来说，别墅的钥匙不只是时广拥有，正广也会拿着一把，不过阿素对于这一点似乎并不觉得可疑。

（"无奈之下，只得我这个老头子自己先上来了。我现在准备去接她过来，你们自己到屋里休息一下，一会儿正广和刻子他们也要到了。"）

"舅舅说我们可以随意挑选房间，米兰就先选了二楼北侧靠东的那间。"

阿素说他选了以前住过的、二楼南侧靠东的那间。"我在房里整理行李，这时才发现忘带手机了，但也觉得无所谓。仔细一想，平日里用LINE联系聊天的对象，今天几乎都会聚在这里，应该也没有什么事情需要紧急联络。"

"果绪的前责编们不会联系你吗？"

阿素的亡妻有末果绪生前是一名小说家，在她四十二岁离世时，已经有二十余册著作，这些作品的著作权全部由阿素继承了。当这些遗作需要再版或重制时，他就成了与出版社交涉的窗口。

听说在继承果绪的遗产时，如果将所有著作权分给两个人继承，事务手续可能会比较麻烦，因此经协商之后便全部归属于阿素了。相对的，小桃多继承了一些定期存款之类的财产。

"还是说，他们也有小桃的联络方式？"

"没有。反正责编们也不会有什么紧急要务来联系我的。"

"还真敢说。明明这次你还假借某位不存在的编辑的名义，说什么受他之托必须临时去一趟东京，以此为借口避开了星期六的那场派对。"

"我想不出其他合适的理由啊。而且，如果那个预知梦就是未来的既定事项，那么只要我不去别墅，说不定就能避免惨剧发生了。我还耍了些小聪明，想着是不是尽量远离当地更好。"

"然后，你就打电话跟时广说不去别墅了，还是在你飞奔去机场，买了去羽田的机票之后才说的，这是要人家无须多言的意思啊。"

"我想着，只要我很强势地跟时广舅舅说'飞机就要起飞了'，他应该也不会再说什么了。"

"然后呢？你就一直在东京待到了星期一？都做了些什么？"

"因为行动偏离了既定路线,我完全无法预料会发生些什么,所以基本上就窝在酒店里,屏息静待。"

"你是觉得,那个神秘的杀人魔也有可能搭飞机追过去吗?装成客房服务的工作人员闯进客房,用藏匿的刀子把你的脖子或肚子……"

"这种像是心理悬疑剧的剧情也是有可能发生的啊,我就是被这种恐惧感吓到了。"

阿素一脸严肃地点着头。不过,赌一赌也无妨。他在酒店客房里体会的并不是自己可能遭到杀害的恐怖,而是自己的选择究竟是否正确的苦恼。单凭他不去别墅的这个行为,真的就能救下桃香的性命吗……

"之后,时广去常世酒店接猪狩小姐回来的时候,正广和金栗小姐就来到了别墅吗?"

"就在姨妈和桃香抵达的前几分钟。嗯,你们差不多是同时到的。从这里开始,姨妈的预知梦终于和我的交汇在一起了。"

"当时你待在客厅里,我问你,兰兰在做什么?然后……"

"我回答,兰兰说风景不错,要去附近散散步,刚刚出门不久。"

"我和小桃对于到店里光顾过的金栗小姐已经很熟悉了,所以正广在向初次见面的阿素介绍女朋友。"

"正广说'这是我表哥素央',金栗小姐笑着说'初次见面多多关照',然后来回看着我们兄弟俩的脸。"

"虽然她事先知道阿素喜欢穿女装,实际见了面还是被你的漂亮模样吓到了吧。金栗小姐嘴上没说什么,搞不好她的反应就跟今晚早些时候一样,内心怀疑我们合起伙来耍着她玩呢。"

现在我们已经知道正广跟她去登记结婚了,我很犹豫应该以姓氏还是以"惠麻小姐"来称呼她。但是转念一想,在预知梦那个阶段时,我和阿素都不知道这件事,所以在核对过程中若是以她的名字来称呼,反而容易混淆。

"正广问我'老爸去哪儿了',我回他说,舅舅去常世酒店接猪狩小姐,还补了一句,猪狩小姐昨晚在那里住宿。于是正广又说了一句'这样啊',看起来很高兴的样子……"

阿素微微歪着脑袋,一副难以释然的神情,说道:"当时我没觉得有什么不对劲,现在一想,正常人应该会冒出这么一个疑问:明明昨晚一起住在酒店,为什么今天非得费两道功夫去接她回来呢?"

"我没看到当时的正广是什么模样,不好说些什么。"

虽然我这么说,但正广为何会那么高兴,个中缘由我是知道的,不过这些留待之后再说。

"那个场面,有另一个情况让我在意。"

"什么情况?"

"与其说是情况,应该说是小桃的态度,总觉得她对你有些冷淡。"

"有这回事吗?我倒没觉得跟平常有什么区别。"

"因为你们除了交谈以外,双方的眼神都不会对上。说是闹僵也有点过,就是觉得像是感情上有点龃龉。"

"不,没有没有。那就是桃香的日常操作。"

"可是,平日里你们两人聊天的氛围更轻松一些,是感情很好,能玩到一起的那种关系。"

"那是因为在姨妈店里啊。桃香是服务员,而我是客人,姑且亲切和蔼、有礼有节地对待彼此,这不是理所当然的吗?"

"这算是你们共同的认知吗?那还真是,怎么说呢,挺不讲情面呢。就算和其他亲朋好友聚在一起，因为是在时广的别墅而不是我店里，你们两人既不是服务员也不是顾客，所以就没有必要，也没有情理去特地表现出亲密的感觉吗？原来你们平常的感情是划分得这么清楚的吗？"

"其实应该说，除了姨妈那家店，平常我都不会和桃香碰上面。"

"难道你们一直都维持着这种距离感？从你和果绪结婚、和小桃成为名义上的父女之后，一直都这样吗？"

"至少对我来说，我没有身为父亲的认知。虽然我从没很正式地说过这件事，其实桃香自己也没有身为女儿的意识吧。"

"毕竟你们才相差八岁。与其说是父女，更像是兄妹呢。"

"年龄方面的问题，我想桃香从一开始就想得非常清楚了。果绪和我并不是真正意义上的夫妻，这件事她是明白的。"

"啊……哦哦，原来如此。"

"我们结婚的时候，桃香还只是个小学生，或许还不懂假结婚这个词的意思。"

"那在果绪去世后，你不得不和小桃两个人相依为命，当时肯定很头疼吧。"

"那段时间的事，老实说，我记不清了。当时光顾着想怎么呵护桃香的幼小心灵，就已经让我束手无策了……"

"母亲成为凶杀案件的被害人，单单这一点已经是最严重的打击了……而那个凶手竟然还是自己的亲生父亲。"

说到这件事，每当小桃在内心怀念母亲时，我都会坠入一种仿佛能使整个人裂成两半的绝望和懊恼中。

这就好比……我将个人的情感代入了小桃本人，或者应该说，是代入了她内心所怀念的阿素本人。

"自出生之后,桃香从未见过轰木克巳,对于他是自己的亲生父亲这件事,小桃有多深刻的感觉,我们是无从知晓的。"

"是啊。抱歉,突然打断话题。总之,在那个梦里,我就是一边留心着阿素和小桃之间微妙的氛围,一边将带来的食材搬到了一楼的厨房里。"

"然后一边开始准备大餐,一边转头就啪——打开一罐啤酒。"

"灌了几大口之后,正广就进来了,打开了冰箱。"

"那家伙,也不知道是想到了什么,把拿出来的罐装啤酒又放回冰箱,然后对我说,要给我看个有意思的东西。因为得开车去,所以要先跑一趟再回来干杯。"

"抢先享受真是抱歉了。不过你们要去的地方,就是刚才提到的时广的那个秘密小屋吧。"

"是啊。当时正广没说带我去的具体是个什么地方,也不顾我的意愿,还自顾自地说什么别管'从姪儿'了。"

"小桃说她得留下帮我准备大餐,打算推辞来着。然后我就劝她,反正时间还富余,跟着去看一眼,回来再跟我说说那个有意思的东西究竟是什么。"

"就是因为姨妈这一劝,最后我们都……"

阿素这句话里别无他意,却让我内心一凉。

"最后我和桃香,还有金栗小姐,决定坐着正广的车子出发。"

"在阿素你们出发之后,大概过了二十分钟吧,兰兰散步回来了。我问她感觉如何,她笑着说,一人独占高原风景的感觉挺爽的,但这周围是真的什么都没有。这倒没什么……"

"怎么了?"

此刻，我脸上肯定露出了悲喜交加的表情吧。我说道："兰兰接着说了这么一句，'这不就是恐怖电影里常见的孤岛套路吗'。"

不出所料，阿素的眉头也皱起来了。

"在富翁的偏僻别墅里，聚集了八名男女。富翁和其儿子带着各自的未婚妻顺利亮相完毕，当天晚上这八人都一个接一个地，被一名身份不明的连环杀手夺取了性命。即便想求救，座机的电话线早被切断，所有人的手机都没有信号，而且车子都无一例外地坏了，根本无法启动引擎……不对啊，那里不至于没有手机信号啊。"

这个吐槽连我自己都觉得很没必要，阿素也不免露出了苦笑。

"想到那个预知梦包括间隔时段的后半部分内容，我总觉得不太安心，或者说，那不是闹着玩的。米兰是出于什么心思说了那些话呢？"

"应该没有什么特别的心思吧。就是想到什么就直接说出口，没怎么过脑子。虽说明年她就要参加成人式了，但从这个意义来说，她还是个孩子。她说起你的时候也挺尖酸刻薄，但估计没什么恶意。"

"她说了什么？"

"一开始我问她上大学的感觉如何。毕竟是开学之后的第一个暑假，估摸她差不多能有余力去享受大学生活了吧。我是想着很随意、很轻松地跟兰兰聊诸如此类的话题，纯粹闲聊的意思。结果……"

（"高中时从没考虑过的事情，现在渐渐会去考虑了。"）

梦里的兰兰是这么回答的。

（"嚯？例如什么事情呢？"）

("比如说，人还是得黑发人送白发人才行，不然会滋生很多不便的事。")

我猜她是想到了母亲忽那加奈子和外公忽那元章的事，以为这句话是在感伤老父亲还躺在病床上，女儿却先走一步，差点就要点头表示同意了。

然而，兰兰接下来的一句话是——("因为遗属财产分配会完全乱套呀。")

("啊？分配？")

("前年妈妈去世的时候，她的遗产不就被归为外公的个人财产了吗？之后再重新平均分配给我和舅舅。")

忽那加奈子生前在市里一家英语口语培训机构担任讲师，关于她的遗产有些什么、总额多少等具体事项，我完全不清楚。

("好像妈妈的大部分存款都是外公给的生前赠予，所以只是把曾经拿出去的钱重新拿回来分一分。总之，在那个当下，身为弟弟的素央舅舅原本是没法从妈妈这里拿到一日元的。因为如果往生者有子女，其兄弟姐妹是没有继承权的。而到了第二年外公去世的时候，素央舅舅继承了他的一部分产业。而我除了事先分到的那部分，也没多拿到一日元。那么，如果他们去世的顺序是反过来的，情况会如何呢？外公的遗产应该会平均分配给妈妈和素央舅舅。你看，转过头来想一想，不觉得很有门道吗？")

确实……虽然不够严谨，我还是不得不点了点头。

对于阿素来说，父亲和姐姐谁先走谁晚走这个问题，会影响他究竟是继承忽那元章的全部产业，还是只能继承一半。

这绝不是一个小问题，或许可以说是命运的转折点。不仅是对阿素而言，对兰兰也是。

"听你这么一说，确实是啊。若是黑发人送白发人，米兰有该她继承的部分，但这一部分现在变成被我独占了。"

"你可别误解她的意思。兰兰也说了，她不会因为这种事就怨恨阿素的。"

（"岂止不会怨恨，我还得感谢舅舅呢。妈妈突然病逝，外公又一直住院。我自己一个人待在家里孤零零不知所措的时候，是舅舅代替我利落地处理好了妈妈的葬礼和所有麻烦的手续。"）

这里顺便一提，阿素唯独在代替年轻的米兰主持姐姐葬礼事宜的时候，不是以女装示人的。

我很久没见到他的男装打扮了，当看到一个皮肤白皙的俊美青年站在立式麦克风前致辞时，不由得冒出一句"这谁呀"，还多看了一眼。

（"自那之后，他每天都来我家留宿，给我做饭，帮我打扫。外公过世后也一直是这么做，到我高中毕业之前一天不落，当亲人一样照顾我。还为我去学校进行三方面谈，完全舅替母职了。这么说吧，我可能依赖舅舅多过依赖妈妈了。"）

我很好奇，阿素该不会穿着女装去兰兰的学校做三方面谈了吧？不过这件事还是先放一边。

"兰兰似乎对阿素心有愧疚。她说了，素央舅舅为了她牺牲了自己，做了很多努力，她真的觉得过意不去。"

（"不过呢，最近我终于有余力来思考一些俗事了。比如说，外公的遗产是怎么安排的。"）

听兰兰说，在大学里认识的朋友知道她是忽那元章的孙女之后，一致发出了"嚯，这样啊""好棒哦""你是个有钱人呀"之类的感慨，这些反应也激起了她的好奇心。

（"我查了不少资料，得知了一件事，如果外公先去世，他的一半财产会留给妈妈，而且总有一天会归于我名下。在知道这一点的当下，我真心觉得：舅舅好狡猾哦。虽然我知道这么坦白说出来，会被人怀疑自己的人格。")

"这倒也是。"阿素一脸严肃地点点头，"她说得没错。"

"她也说了，对于阿素的感激之情是不会变的，只不过……"

("只不过，以舅舅的立场，他作为监护人来照看我，也不能说是理所当然的义务，对吧？")

"确实是的。"

("所以呀，我决定不再有多余的罪恶感了，我要光明正大地、坦率地跟舅舅撒娇。嗯，这就是我今天冒出来的想法。")

"这就算是兰兰成为大学生之后，最大的一个意识变革了吧。"

"看来她学到了不少。"

"我这边的预知梦，包括间隔时段在内的前半部分大概就是这些内容了。之后兰兰就进自己房间待着了，梦里的我默默地准备大餐，现实中的我就在这个时候醒了一回。"

"说起来，时广舅舅呢？在预知梦的前半部分，他还处于出去接猪狩小姐没回别墅的阶段吗？"

我点点头，说道："你那边的情况是怎样的？在前半部分里，你顺利抵达时广那个秘密小屋了吗？"

"是的。那地方比我想的要远，还挺吃惊的。车程不到一个小时，但也有三十分钟以上了吧。在杂树林间一条狭窄的道路七拐八拐绕来绕去，途经的路线非常复杂，搞得我都不知道车子是在往哪里开。"

("我说，这是要去哪儿呀？")

梦里的金栗小姐这么问，但正广也只是回一句"等到了你就知道了"，就此岔开了话题。

"我试着从车后座的位置去查看导航的画面，只能看明白车子正行驶在没有道路标记的地方,感觉是要直接开到深山里,就是一直往北、一直往北地开着。"

"车子里的氛围是怎样的?"

"和金栗小姐第一次见面的人只有我,毕竟人家即将成为正广的妻子,我想着总得用友好的态度接触一下,所以就主动抛了一些话题。"

"举个例子,有什么话题?"

"我听说正广经常带她来这店里,就很套路地用一句'多谢你平日里关照我家姨妈和女儿'起头,不过不失嘛。"

("其实我刚开始去店里的那一阵子,根本没发现接待顾客的人就是我的同学有末桃香呢。")

说到这里,金栗小姐很是爽朗地大笑起来,说道——("因为小正正他呀,介绍人家时说得不清不楚,说什么'她是我表哥的女儿'。我原本以为她本人才是小正正的表妹,叫久志本某某某的。")

"小正正……唔,第一次听到有人这么喊正广的时候,我差点没忍住爆笑。现在倒是彻底习惯了。"

("喂喂喂,哪里就不清不楚了。别说得都像是我的错似的。")

正广一边操控方向盘,一边笑着表示抗议。

("正常人稍微一想不就能明白了吗?说到'表哥的女儿',就是指表哥的孩子啊。而且,能称呼为表哥的人,父亲家和母亲家都会有,姓氏也不会仅限于久志本。")

("可是,在店里帮忙的那个女孩子,名牌上的姓氏清清楚楚印的是久志本嘛。做菜的那位是小正正的姨妈,之前也问过是姓久志本。那么从外表来看,我想做服务员的这位应该是刻子阿姨的女儿吧。")

"她说我是小桃的妈妈?从某种意义来说,这个误会还挺让我与有荣焉的。"

("所以呀,有一次小正正突然来问我,说什么'从姪儿'说惠麻和她是高中同学。我真是一头雾水。首先,我听不懂'从姪儿'是指什么,就算给我解释了这个称谓的意思,我也不记得同年级里有一个姓久志本的同学。彻底把我的脑子搅糊涂了。")

("我一开始也不是很确定。")

小桃这么补充道:("叔分儿的……啊,抱歉。我是说,正广叔叔的未婚妻,总觉得在哪儿见过似的。")

虽然小桃自己很想跟金栗小姐保持距离,但这孩子还是可以得体地应付这种场合的闲聊的。

("说起来,桃香同学总是那样称呼小正正呢。我不太明白'叔分儿'这个词的意思。")

("这个你没必要在意。")

正广如此搪塞道,不过听说最后还是老老实实地解释了一番。

("嚯哦,原来是把'表叔父'简称为'叔分儿'啊。我终于理清了。")

("确实看着挺眼熟,但就是想不起名字。我想着搞不好是同一个高中的,就去看了毕业相册,然后看到了一个很相似的人,就去问了正广叔叔。我问他,经常带来店里的那位惠麻小姐,她的姓氏是不是金栗。")

平常在店里接待客人时,小桃对于正广和金栗小姐的态度还算友好,虽然保留最起码的敬语,但对应方式基本上还是直率的。

就目前听到的情况来看,就算对方是同一个人,但在出了店门之后,小桃待人的态度会更规矩一些。这大概就是她对阿素在店里店外是两种态度的原因吧。

("被从姪儿这么一问,我回了句'是啊',然后才说起他们俩是同年级校友的事。")

("这个时候我才知道,那个被我误以为是刻子阿姨女儿的服务员,就是有末桃香。真是震惊到我了。她跟高中那会儿真的完全不一样了,感觉像是变了一个人。")

("发型的确是大变样了。")

("不是啦,我说的变样可不只是这种程度。")

金栗小姐大幅度地摇了摇脑袋,说道:("当然了,当年我跟有末同学也不算走得很近,在学校里也没说过话,不知道她为人如何。但真没想到她的态度是这么直率,感觉很有意思呢。")

("那在高中时,你觉得从姪儿是个什么样的人?啊,我说的是桃香。")

("唔……有末同学这个人嘛,虽然这么说有点不礼貌,但我感觉她有点可怕,给人生人勿近的感觉,很难想象她笑起来的样子。")

("说起来,从姪儿以前男孩子气还多些,有点野性的气场。")

("那还挺帅的嘛。")

金栗小姐发出娇俏的呼声,扭了扭身体,说道:("她身材苗条又高挑,看起来超酷、超帅的。听说低年级的女生们还组了个她的粉丝团呢。")

("哈哈哈,果然女校里总有这种宝冢风的氛围啊。那么以从姪儿的性格,当年是不是为了不辜负那些粉丝的期待,勉强自己扮冷酷?")

不是,等一下……这话不对吧。

正广这个信口开河又离题的提问,小桃会做何反应呢?我个人是有些好奇的,但在她回应之前,阿素插嘴了。

("听说正广和金栗小姐,大概都是每周二或周三到姨妈的店里去?")

说起小桃的高中时代,在她高二那年母亲果绪就去世了——正是被那位小桃出生十七年以来一直音信全无的轰木克巳杀害的。

正广若不是忘了这个案件,应该也不会带着什么低俗的意图特意提起这个话题吧。

不管怎么说,那场悲剧才过去五年。随着对话的进展,即便正广本人别无他意,搞不好也会令小桃陷入一种尴尬的情绪。

阿素若无其事地掰正了这场对话的轨道。("我去姨妈那里吃饭的频率也挺高的,但我们完全没在店里碰过面。")

("素央平常是几点去的?")

("倒也没固定时间,差不多都是九点以后吧。")

("那肯定碰不上啦。我们每次几乎都是在开门营业的同时进店,大概是七点吧,最晚八点就吃完饭,然后一起去惠麻的店。时间完全错开了。")

("金栗小姐工作的那家店叫什么来着?")

("你是问店名吗?'梦鹿御苑'。有机会的话,有末先生也请务必光临一次。")

"梦鹿御苑"是位于市区繁华街的一家高级酒吧,或许因为老板是"私立斑鸠女子学园"合唱部的学生吧,据说那里的从业人员有很多是同校的 OG[①]。

[①] Old Girl,指同一个学校毕业的往届校友。

不过金栗小姐在校时不是合唱部的，而是轻音部。

（"素央要是以那副模样上门，店里的姑娘会犯难吧。客人们的关注点都会在这家伙身上。"）

（"啊，真的呢。这可不妙。"）

正广这句调侃未必是开玩笑，这让金栗小姐的脸有些抽搐。（"唔……那么，有末先生，有件事要千万拜托您，光临弊店时请务必穿上男装。"）

在这样你一言我一语之间，紧张的气氛似乎也逐渐缓解了，接下来金栗小姐提出了一个很深入的问题。

也不知是不是被小正正影响，还是纯粹为了与小桃区分开来，她没用姓氏称呼阿素，而是叫了他的名字。

（"素央先生跟小正正一样是三十岁，对吧？恕我失礼，您跟桃香同学的母亲结婚时是几岁呢？"）

（"二十岁。"）

（"十年前结的婚？这么说，当时桃香同学才十二岁左右？果绪女士那会儿是……"）

（"三十七岁。"）

（"我又要失礼多问一句了，您是怎么认识果绪女士的呢？究竟是怎样的特殊缘分，或是什么契机，让您能跨越十七岁的年龄差与她走到结婚这一步呢？"）

（"喂喂喂，惠麻，你这提问的技巧，听起来挺有经验啊，娱乐圈的记者都比不上你。"）正广插科打诨道。

（"果绪原本是我妈的朋友。"）

（"素央先生的母亲？"）

（"就是我老爸的大姐。"）

顺着正广这句不必说也罢的补充，我也斗胆说一下，那个人就是我的大姐，旧姓久志本的忽那年枝。

("我太太和我妈，跟金栗小姐一样，都毕业于'斑鸠女子学园'。果绪上初中的时候，我妈在学校的图书馆里担任图书管理员。基于这层关系，她们从第一次见面就有倾盖如故的感觉，或者应该说，她们非常合得来。")

("这样啊。果绪女士毕业后成了很有名的小说家，当年肯定是一个文学少女吧。素央先生的母亲又曾是图书管理员，两人聊起天来肯定不会因年龄差而受限吧。")

("她们都很喜欢阿加莎·克里斯蒂。还得是有共同的爱好，才能深入交流啊。果绪在初中部、高中部读书期间，有些抗拒上学，所以经常课也不上，一整天都待在图书馆里。")

("嚯哦。不过，这些应该是在素央出生之前几年的事吧。果绪女士从斑鸠女校毕业之后，也一直和您母亲保持联系吗？")

("果绪只有父亲，但是他在她读书期间遭遇事故去世了，说是喝醉了酒掉进沟渠死的。")

("天啊。")

("果绪没有其他可依赖的亲人，完全不知道该怎么办，我妈就帮她处理葬礼和其他必要手续。")

("哦，原来是这样啊。有这么一层恩情在，也难怪两人会有一辈子的交情了。")

("感觉她们之间的感情很深啊，真的，这种感情不常见的。")

这一句话道出了果绪和年枝这段关系的所有故事，但正广本人究竟清楚多少真实的内情呢？

("不管怎么说，她还让自己的儿子跟果绪女士结了婚。就算关系再怎么亲密，正常人哪里会做到这种程度……")

听到这句话时，我内心不免咯噔一下：欸？难道说正广是知情的？

("欸？你是说，素央先生和果绪女士结婚，是他母亲的意思？")

对于金栗小姐这个直击本质的问题，正广还是用那种不着调的口吻这么回答道：

("怎么可能嘛。春情萌动的男孩嘛，比起同龄的女孩，更容易爱上身边那种年长又成熟的女人，对吧？素央的情况就是这种经典类型。")

当被金栗小姐询问"真是这样吗"的时候，阿素大概和现在的我一样松了一口气吧。

("毕竟从我开始记事起，就经常和果绪碰面。与其说她是我妈的朋友，感觉更像是我的家人。所以我就想，干脆永远都在一起吧，这样才显得合理。虽然我们没有很认真地聊过这件事，但我觉得果绪的心情应该也是类似的。")

("虽然两位当事人觉得那样可以，但女方年长了十七岁，而且是由素央先生改姓为有末，这个选择难道没有遭到家人的反对吗？")

("完全没有。我妈甚至是全力支持的态度。")

("那您父亲呢？对于儿子改姓这件事，难道没有一点抗议吗？")

("这个嘛，谁知道他怎么想。至少表面上，他什么都没说……")

("那是当然啦，年枝姨妈都同意的事，他怎么会反对。即便他是忽那家的大佬。")

("欸？这话怎么说？")

（"就是说，他对这位比自己小一轮以上的年轻续弦迷恋到不行。"）

年枝和忽那元章结婚的时候，正广跟阿素一样还没出生，但听他这话的口气，仿佛自己亲眼看过那样的场面。

（"嚯——原来是被迷得神魂颠倒了呀。那，你说的'大佬'是什么意思？"）

（"大佬就是大佬啊。唔……正确的说法好像叫龙头大佬吧。总之，就相当于是最有分量的人。"）

（"意思大概是明白了。不过，素央先生的父亲，为什么会是龙头大佬呢？"）

（"惠麻这一代人可能不太清楚吧，说到忽那元章，那可是当地有名的资本家。"）

（"嚯——"）

（"就连我老爸，如果不是因为成了忽那元章名义上的妻弟，他的产业可能也没法扩张到如今这个程度。"）

（"哦哦，也就是说，小正正家的公司隶属于这个体系下，公司运营之所以顺利，归根究底也是多亏了素央先生的父亲，是这个意思吧？"）

（"嗯，这么说可能也没错吧，算是间接性的。这一点我是无法否认的。搞不好年枝姨妈就是为此才答应了忽那大佬的求婚呢。"）

（"这话怎么说？"）

（"大佬那位病逝的原配是斑鸠女校的OG，因为这层关系，他担任了女校后援会的理事长。某一年他以嘉宾的身份出席了入学仪式，在那里邂逅了年枝姨妈，对她一见钟情了。从那天起就开始对她展开热烈追求。"）

("嗬!")

("不过年枝姨妈一直拒绝他的热烈求爱,说自己有其他喜欢的人。然而,那个时候她突然就……")

("接受了他的求婚?难不成她应承得那么唐突,令人不得不猜测她是有什么想法吗?")

("毕竟是我出生之前的事,都是间接听别人说的。至少我老爸是这么认为的吧。他说,当时家里恰好跟银行谈得不是很顺利,说不准大姐是为了他,把自己当成活祭品——这个词可能听着不好听——嫁给了忽那大佬……")

其实我之前也隐约觉得,年枝突然改变心意,会不会让时广产生那样的解读。从各种意义来说,我这个大哥一直受保守的价值观束缚,以他的想象力,最多也只能想到这种原因了吧。

只不过,这两件事时机刚巧碰上了。年枝大概也不太清楚弟弟那份产业的实际状况,更没有什么兴趣。

对于年枝来说,得到了丈夫这个经济方面的后盾,确实能拯救一个人。然而,那个人并不是弟弟时广。

而是失去了父亲这个唯一的家人、从初中起就孤苦伶仃的有末果绪。

"……我们聊着聊着,眼前就出现了一栋建筑物。那是一栋两层高的西式楼房,比时广舅舅的别墅规模小很多。看着像是普通的民宅,没什么特别的,正广把车子慢慢开到楼房前面停下。我当时还疑惑来着,心想,特地把我们带到这么远的地方,难道就是来看这个?"

正广没理睬阿素等人的困惑,把车子熄了火,然后从驾驶座下车。他掏出钥匙,打开了大门的门锁,那动作就像是到了自己家一样。

你看吧，所以正常来看，正广应该也有别墅的钥匙。但是阿素对于这一点，似乎还是觉得有些不对劲。

("来吧，大家请进。")

在正广的催促下，金栗小姐、小桃和阿素依次进入了这栋西式楼房。

"和建筑外观一样，室内装潢也是金碧辉煌的，看着像是刚建不久。会客厅里有一个家庭式酒吧，那里有一排排看着很贵的洋酒。还有一个投影仪专用的超大屏幕，感觉没什么生活气息。"

阿素作为众人代表提问道：("这里是，什么地方？")

("秘密小屋，我老爸的。")

正广一脸得意地上扬视线，又道：("二楼有卧室和书房。")

("这秘密小屋是怎么回事？")

("有时老爸想逃避工作或烦心事，一个人放松一下的时候，就经常窝在酒店的套房里，可怎么都找不到一个满意的地方。他在城里也有几个经常投宿的旅馆，但还是想要一个能安心逃避的隐秘地点，所以就想着在常世高原的别墅附近自己建一个套房。")

("说是别墅附近，开车都花了半个多小时呢。")

("估计是没找到其他合适的地方建房子吧。")

("如果是想远离俗世放松一下，舅舅自己一个人来别墅不就得了吗？还是说那别墅不行？")

("毕竟那里有六间客房，每个房间都可供两三个人留宿，有点像酒店，基本上是用来招待客人的。不论是规模还是设备，都无法让他自己一个人用得舒心。")

("这点我倒是明白，但为什么特地把我们带到这里来？")

("这个嘛，是因为……")

("我说，小正正……")

正广的回答被打断，金栗小姐硬是插嘴道：("你觉得怎么样嘛，小正正？能不能让我练习一下开车嘛？")

("啊……啥，哦哦。你说那件事啊。")

"据说金栗小姐这段时间在驾校上课。"

("之前不是说过了吗？离别墅不远的地方有一块朋友家的私人土地，你会去跟他打个招呼，让他允许我们在那里练习开车。我刚刚还以为你就是带我们过去练车的。")

("我是这么说过。抱歉抱歉，那我们这就过去吧。")

"正广那位朋友的私人土地，好像跟时广舅舅别墅的所在地是反方向的。"

("抱歉，我们一个小时内会回来的。素央和从姪儿在这儿稍等一会儿吧。啊，这里有冰箱，你们随意喝点吃点都行。")

丢下这句话的正广，让金栗小姐坐上副驾驶座位，然后开车离开了。

("看来呀，叔分儿今后的日子要受累喽。")小桃嘻嘻笑道，然后走进了家庭式酒吧，隔着吧台指着其中一张三脚高脚凳，又说道，("来吧，素央叔。既然人家都那么说了，你就坐下吧。")

我没忍住，喷笑出声。阿素直直地盯着忍俊不禁的我。

"怎么了？"

"没事，就是觉得，这个举动确实很像小桃的做派。"

"是吗？呃，哪些地方让您这么觉得呢？"

"突然被人落下，要跟继父单独相处。虽说不到一个小时，但若是一直不说话未免尴尬。所以，既然那里有个家庭式酒吧，就别浪费。"

"……如果是酒保和顾客的身份，就能轻松地聊天。原来如

56

此啊。"

阿素露出苦笑。事实上，梦里的小桃也挺起劲地说道：("这位客人，想喝点什么呢？")

("那就喝个啤酒之类的……啊，这里有存货吗？")

小桃弯下腰，查看吧台下方的冰箱。

("瓶装的有卢温堡① 狮牌啤酒、魔书② 啤酒和奇美③ 啤酒，还有赫特兰④ 啤酒。品种还挺多，小时这个人能处啊。")

我差点又没忍住要笑出声了。原来小桃不仅偶尔会称时广为"王子"，还有另一个这样的称谓啊。

("那就 Heartland 吧。")

酒液从绿色瓶子里注入两个高脚玻璃杯中，两人就这么隔着吧台干杯。

("看来小时是打算别墅那场派对结束之后，明晚在这里住下喽。"

("欸，为什么这么说？")

("乍一看这么觉得。这里不仅有酒，食材的库存好像也挺充沛的。")

("哦，是这样啊。今晚向我们宣布婚事之后，他们就准备转场，单独两个人在这边享受，对吧？")

("真是优雅呢，小时这个人。在常世酒店待一晚，在别墅住一晚，最后再到这秘密小屋来个收尾的一晚。对了，素央叔，要不我去做个小菜吧？")

("有那么多时间吗？在正广他们回来之前。")

---

① Löwenbräu，德国南部最大的啤酒企业，也是慕尼黑啤酒节的发起者。
② Moosehead，也称穆斯黑德啤酒，加拿大啤酒企业，创立至今已有一百五十多年。
③ Chimay，比利时啤酒企业。
④ Heartland，日本啤酒品牌，创立于一九八六年。

("我动作很快的。今晚还有刻子奶奶的大餐等着我们呢,就随便吃点。")

"小桃给你做了什么菜?"

"加了水果番茄的意式烤面包,还有金枪鱼和牛油果做成的塔塔酱。"

"我们店里也有的菜式啊。"

"没错。卖相和味道都很好,就跟姨妈您做的一样。"

梦里的阿素满心佩服,不由得这么说道:("简直就像是姨妈做的。")

("真的吗?太好了,我出师了。")小桃高兴得跳起来。

这种意料之外的反应让阿素忍不住想问问此前一直很在意的问题:("话说桃香啊,你为什么会在姨妈的店里打工?")

("欸?不是,这种事还用问吗?因为刻子奶奶做的菜是最好吃的呀。")

("难道你打算以后走烹饪这条路?")

("完全不想。我只是想着先学点手艺,以便我随时做出自己想吃的食物。仅此而已。")

"桃香在店里不仅要接待客人,烹饪的事也在做吗?"

"像是沙拉装盘之类的工作,我已经全部交给她负责了。构思新菜式的时候,我也会做出来给她吃,就当是员工餐了。还有,拿不定酱汁或调料的味道时,最后靠的也是小桃的舌头。"

"嚯,我都不知道她有那么大的决定权呢。"

"小桃可以明确地说出缺少什么东西,或是不需要哪种东西。当然,有很多时候跟我意见不统一,不过我总觉得按她的想法去做,最后客人给出的反馈总是比我的好。"

"是您谦虚了,姨妈。跟自己女儿差不多年纪的女孩提的建议，您还能那么坦然地接受，我想这可不是一般人随随便便做得到的事。"

"我可没有夸张或是恭维，小桃身上是有些天赋异禀的品位。可惜她不打算成为厨师，应该是想跟她妈妈果绪一样，走上文艺的道路吧。"

"总感觉有些奇怪。仔细一想，除了在姨妈店里，我好久没在外头跟桃香碰面了。距离上次我和她不是以顾客和服务员，而是以个人身份对话也有四年——不，大概有五年了吧？"

五年前的二〇一四年，最爱的母亲被自己的亲生父亲夺走了生命，那时的小桃才十七岁。不仅是对继父，对于周围一切相关人士，她都紧紧地关闭了自己的心扉。

当然，与身为家人的阿素在生活上应该还有最基本的对话吧，但自她高中毕业，通过免升学住进了"斑鸠女子短期大学"的学生宿舍之后，这种程度的交谈也断了。

从短期大学毕业后，她重新入读当地的公立大学，我明白这算是她精神复活的证明，但很难说她内心的伤口已经痊愈。

阿素虽说是名义上唯一的家人，但面对这样的小桃，与她之间的距离感和接触的方式，估计是一个极其敏感的问题吧。虽然他表面上肯定是不显山不露水，其实内心天天为此烦恼也不奇怪。

在时广这个秘密小屋的宅邸里，阿素和小桃不期然地变成了两人独处的状态，好歹也要来一场家人之间的对谈——事情本该是如此的。

这场体验却因为历史改变，变成了"不曾发生的事情"。

就为了避免自己遭到神秘杀人魔杀害的那个未来……如今阿素的内心，想必心情复杂吧。

不过没关系……我很想用这句话安慰他，在这种冲动驱使下，我想起了一件事。虽然至今仍不知道是谁对他说了些什么，不过当年刚上大学的阿素曾对我吐露过这些烦恼："果绪小姐跟我结婚，这样真的就没问题了吗？"

而我什么都没说，只是紧紧地抱着他。非常自然地。

"然后呢？你们用小桃做的意式烤面包和塔塔酱做下酒菜，两个人推杯换盏，聊得天南地北吗？"

"嗯……算是吧。"

阿素的表情变得阴郁了。

"怎么？难道聊到了什么很深刻的话题？"

阿素莫名停顿了一会儿，才点点头。

"我们聊了时广舅舅。"

一种不祥的预感像乌云一般在我心口卷起旋涡，而且这种预感当场就应验了。

"小桃突然……真的是很突如其来地问了这么一句：'素央叔，你恨不恨你的时广舅舅？'"

我慢慢睁开了刚才无意识紧紧闭合的双眼，说道："你是怎么回答的？"

"确实是恨过一段时间，但是现在不恨了。至少，现在的我认为即便恨他也是无济于事的。"

"那么，小桃对于你这个回答作何反应？"

"她说，我不再怨恨时广舅舅，是不是因为，我和她妈妈并不是基于爱情而结婚的……"

有末果绪是以本名进行写作的，但在作者名册上的联系方式都是写由出版社转交，没有公开自己的住处。

果绪年幼时，有一个同龄男孩住在她家附近，某一天他们全家乘夜出逃，历经数年再次现身时，竟在果绪家里对她施以暴行。结果，果绪怀孕了，生下了小桃。

在那之后，轰木克巳再次失踪，经过了十七年的空白，不知又出于什么意图，妄想再次接近果绪。他的真实想法如今也无从得知了。

会不会他一开始就是想强迫果绪一起殉情？如果真是这样，在那段空白期间，他到底是遭遇了什么事情，以至于内心蒙上了这么一团黑暗？

久志本时广是果绪丈夫的舅舅这件事，也不知他是通过什么途径查到的，但他先是在久志本旗下经营的房屋综合管理公司里当临时雇工，借此接触到了时广。从这一点就可以感受其计划性和那种不同寻常的执念。

其实我就是有末桃香的亲生父亲——当我这位大哥决定听信轰木克巳这句说辞时，我也只能说他太无知了，即便那就是事实。

在我看来，多年来对于大姐那位所谓的朋友与自家外甥之间这一段多少超出了世人一般常识的婚姻，时广内心的批判态度一直是存在的，或许当中也有他对轰木克巳的共鸣在发挥作用。

想与素未谋面的女儿见上一面，想和她直接谈一谈，希望有人能告知果绪的联络方式——即使是被轰木克巳这种热情缠上了，可那毕竟是私人信息啊。

如果时广能先跟果绪确认一下，获得她的许可，或许就能避免那场悲剧了。

"与果绪结婚本就是一场无爱的婚姻。"

我若有所思地这么嘀咕着，突然全身像是被雷击中似的畏缩了一下，内心涌起一股对刚才那句话的反驳和怒意，痛骂自己在说什么蠢话。

无爱的婚姻？这怎么可能。阿素曾经是爱果绪的，肯定是的。

不，他现在也爱着果绪。这件事毋庸置疑，明明白白。

尽管如此，我现在也没法立刻把这些依据具体用语言表达出来，实在叫人心焦，几乎难受得坐不住。

"我们之间没有任何夫妻之实，包括肉体的接触。"

"所以，小桃才会说阿素对着时广不再有怨恨了。那么，听到她这么说，你怎么想？"

"对我来说，果绪是最重要的人，因为她是我妈爱过的人。我只能说这么多。"

或许是因为彼此都觉得尴尬了，小桃和阿素像是事先商定好的一般，将视线转向通往露台的玻璃门那边。就在这时——

"有人透过玻璃窗，向前半弯着身子窥探室内。大概是因为被我们发现，那人慌了，立刻转身跑掉了。乍一看应该是个年轻女孩，看那五官的模样，好像是欧美人吧。"

"那个人……发型和体形是怎样的？"

"一头短发，很苗条的感觉。差不多是……"

阿素不出声了，大概是想到了吧，那个人有可能和我们现在讨论的人是同一个。

"差不多是，不，简直是……不对，这怎么可能呢？"

"简直和兰兰一样，对吧？"

阿素皱着眉点了点头。

他应该回想起了刚才在店里谈及的米兰改变后的形象——去掉与原先发型一致的假发，脱下大码服装的装扮。

"那张脸我觉得是一模一样的。可是，不对啊，那人不可能是米兰。那时她应该在别墅里，离时广舅舅的秘密小屋很远……"

大概她是偷偷溜出别墅,想去看看时广的秘密小屋长什么模样吧。不过这件事放后面再解释吧。

"我还以为这附近难道有住着外国人的别墅或住宅,正想走向玻璃窗那边,这时电话响了……"

"你不是说,手机落在家里了吗?是小桃的手机响了?"

其实我早就知道,当时小桃没带手机,但还是姑且这么问了。

"不是,是座机响了。秘密小屋的。"

"居然还专门拉了一条座机的电话线。"

"我接起电话,是正广打来的,一开口就是一句'抱歉,有紧急情况',并且说没法过来接我和小桃了。"

"紧急情况,具体是什么情况?"

"不清楚。因为正广还没开始解释,我的预知梦前半部分就结束了。"

"这场戏第一幕的时间表大约是,星期六上午十点到下午两点,整整四个小时,对吧?"

"到这里为止,我醒了一回。"

"我也是,然后去上了一趟厕所,每次都是这样,真觉得不可思议。不仅是梦里的内容,连这一点都能同步。"

"这到底是个怎样的体系啊?"

"罢了,说到底,预知梦这种现象是怎么发生的,我们也完全不知道。"

"躺回床上后,我很快进入睡眠,后半部分的预知梦就开始了。这次也是由我先说,可以吗?"

梦里的阿素独自伫立在一个宽敞而昏暗的空间里。

"那里不是前半部分的秘密小屋,而是时广舅舅的别墅,在一楼的会客厅里。除了我,其他人都不在。在长明灯的灯光中,我看到了陈列柜上的数码时钟数字:二十二点零五分。就在这时,我感觉有人……在窗户那边。"

"哪扇窗?"

"南侧的,正门玄关旁边的观景窗。我看到那里有个黑乎乎的人影,正在死死地盯着屋子内部……"

PARACT 2 回杀

"阿素看到的那个黑色人影,是男的吗,还是女的?"

"不清楚。那人好像戴着兜帽之类的,看不太清楚脸。而且,就是一瞬间的事。"

那个黑影应该是察觉自己被阿素发现了,立刻转身消失在黑暗中。

"难道说,那个人和我们说的黑衣杀人魔很像?例如体形方面。"

"这个,也不好说……但是他在室外这一点,让我有点在意,虽然是现在才想到的。"

"怎么说?"

"明明我们都谨慎检查过大门窗户是关好的,但刺杀正广和我的人也不知是什么时候闯进了会客厅。"

"原来如此。"

"我之前想的是,正广会不会以为当时我看到的那个黑影,可能是时广舅舅的朋友,就用内线对讲门铃打开了自动门锁。不过现在觉得可能是我想岔了……"

"关于这些,之后会聊到的,继续推进验证的事吧。后半部分开始的时间是二十二点零五分吗?星期六晚上十点,也就是说前半部分结束之后,哇,居然隔了八个小时。"

这整整八个小时的空白区间,将我们的预知梦分为前半部分和后半部分,相当于间隔时段。

这已经不能说是大制作电影的中场休息了,这么长时间的空白,该用什么东西来形容才能让大家容易理解呢?毕竟对于负责做梦的阿素和我来说,这只不过是去一趟厕所又回到床上的几分钟,但在此期间,预知梦里的剧情居然已经飞跃了八个小时。

当然了,那八个小时里所有事情的相关信息,我们没法直接看到或听到,所以也是不得而知的。

"我也很疑惑。在正广打电话说没法来接我们之后,我和桃香怎么回到时广舅舅的别墅,姨妈为晚宴大餐准备了什么菜式,这些我都不知道。不过梦里的我肯定是清楚自己当时的状况,也顺其自然地采取了行动。"

梦里的阿素很在意那个消失在黑暗之中的黑影,正打算迈步靠近正门玄关那边,就在那时——

他突然感觉到有动静,回头一看。有人正通过开敞式楼梯从二楼走下来。

("呃?咦?是素央啊?你在这里做什么呢?")

正广睡得头发乱翘,一边扶正眼镜一边踩着碎步走过来。

("没什么,刚刚……")

阿素用下巴朝观景窗那边示意。

("有人从那边往里偷看来着。")

("欸?什么样的人?")

("不清楚。就那么一瞬间,没看清楚……")

("难道说……")

("怎么了?")

("就在刚刚,老爸说了些奇怪的话。")

听正广说,刚刚时广从自己房间往他那边打了内线电话。

("一上来就问,惠麻没事吧?我那会儿睡得正沉,突然被弄醒了,没反应过来就回了一句'啥'。我再问他发生了什么事,他就说也有可能是自己看错了,感觉房子周围有人在晃悠,让我小心关好门窗……")

("那我刚刚看到的人,或许跟时广舅舅看到的是同一个。")

("不,听老爸的口吻,不像是他本人看到的。感觉是别的什么人跟他汇报,说是看到了那个可疑人物。")

("什么意思?谁跟他汇报的?")

("这就不清楚了,毕竟我也睡蒙了,随便回了一句'知道了知道了,我们会小心的',就把电话挂了。但是,我望向旁边时,发现原本应该睡在一起的惠麻不见了。我突然担心老爸那通电话里说的事,这才下了楼。")

("时广舅舅真的是那么问的吗?我的意思是,他问的不是'你们没事吧',而是'惠麻没事吧'?")

("我想想……嗯,就是那么问的。")

("看来确实是有可疑人物,舅舅是不是对于那个可能危及金栗小姐的人物心里有数啊?")

("喂喂喂,素央,别说这种不吉利的话。说起来,你怎么会在这里?")

("我是……")

("还有从侄儿呢?她在哪儿?")

("其实是这么回事。我追着桃香过来的,半路上追丢了……")

("欸?怎么回事?")

("话说回来,喂,正广,我这边还有很多事情想问你来")

着。")

("好啦好啦,那些之后再说,行吧?我慢慢跟你说。现在最重要的是惠麻。")

("既然她不在房间里,会不会在卫生间或浴室,或者在盥洗室那边?")

("我还在奇怪她干吗特地跑到房间外面,就去自己房间以外的地方都找过了。但是没见人影,哪里都没有。")

正广的这句话应该有必要加个注释。我来大致说明一下别墅二楼的平面布局吧,客房一共有六间,从四个方向围住了会客厅上方的楼梯井。

其中,东侧的房间是时广和他的私人会客专用房。西侧是正广专用的房间,这回是他和金栗小姐一起留宿的地方。套房里配备有浴室和卫生间的,只有这两个房间。

北侧和南侧各有一个浴室、一个卫生间和一个盥洗室,可供两个客房里的人共用。

只不过,南北两侧的房间排列方式有些许不同。北侧的房间从西到东为卫生间、客房、盥洗室、客房、浴室;而南侧从西到东是浴室、客房、盥洗室、客房、卫生间。

这次我留宿在南侧浴室旁边的客房。隔着公用盥洗室的那个靠东的客房是阿素的房间。

兰兰的房间在北侧浴室的旁边,隔着公用盥洗室的靠西客房住的是小桃。

刚才正广说"自己房间以外的地方都找过了",指的是南北两侧公用的浴室、卫生间和盥洗室,一共六个空间都去确认了一遍,但都没找到金栗小姐。

("那……金栗小姐会不会是去谁的房间聊天了?例如姨妈、

小桃，或者是美兰那里？"）

（"有这回事？为什么特地挑这么晚的时间去？我也说了，直到刚才为止她还跟我睡在一起的。"）

（"是不是傍晚那会儿没喝过瘾啊？她不好意思叫醒正广，就想去找个人陪她临睡前喝几杯……"）

（"但是餐厅和厨房那边，你也看到了吧，一个人都没有。"）

（"会不会是挑了几样小菜和酒，早就上二楼了？"）

（"话又说回来，我四处都找遍了，居然完全碰不到她。"）

（"大概是错过了而已吧，在你去浴室或卫生间找人的时候。"）

正广歪着脑袋很是困惑，但还是转身走了。

连接着一楼和二楼的开敞式楼梯有两条，一条靠近位于北侧的餐厅，另一条则靠近南侧的会客厅。正广沿着刚刚下楼的北侧楼梯原路返回。

阿素也跟在他身后。

（"素央，你……"）

正广停在楼梯中段，回头越过肩膀，瞥了阿素一眼。

（"嗯？"）

（"感觉你今晚……挺像个男人。"）

（"我本来就是男人。"）

（"跟白天那会儿不一样，难道是因为妆也卸了，头发也扎成了马尾小发鬏吗？但是感觉比平常更亮眼，有些不可思议。"）

（"我不太明白你在说什么。"）

（"意思就是，你这副像是刚刚出浴、一身清爽的女相，我看着很羡慕。"）

（"明明刚才还说我像个男人呢。到底是男还是女啊？话说，你那话什么意思啊？一身清爽的女相？"）

（"我自己也不太明白想表达什么。乍一看，现在的你明显比平常更像个男人，但不知为何同时散发着一种女人的美艳，就觉得很不可思议。算了，不说这些了，现在重要的是惠麻。她到底在哪儿啊？"）

正对着公用盥洗室的两旁，右边住的是兰兰，左边是小桃的房间。

（"如果惠麻要去谁的房间找人聊天，应该是找从姪儿吧。例如找她聊聊高中时代那些令人怀念的话题，聊个天花乱坠。"）

从金粟小姐的角度来看，这种话题确实有可能单方面聊得很起劲，但从小桃的角度来说，她会有什么感受，就另当别论了。

（"说得也是。"）

说着，阿素"咚咚咚"地敲响了小桃的房门。

没有回应，一片寂静。

（"看来人不在房间里。"）

他再次敲门，还是没有回应的迹象。

阿素的手伸向房门的把手，中途就收回了。

（"姨妈呢？"）

（"欸？"）

（"刻子姨妈住在哪个房间？"）

（"那边。"）

正广转过身子，指向了越过楼梯井的对面房间。

"我当时应该是挺慌张的。"阿素晃晃脑袋，状似无奈地说道，"米兰住在北侧靠东的房间，我选的是南侧靠东的房间。既然桃香在北侧靠西的房间，那么姨妈肯定就是在剩下的那间南侧靠西的房间了。根本没必要问正广的。"

与其说是慌张，在我看来，这些对话于阿素而言，更像是带有拖延时间的意义。也就是说，平日里他总是费尽心思与这个名义上的女儿保持适当的距离，现在却要在大晚上带着表弟闯进她的私人空间，这段时间是用来给他自问这种行为恰当与否的……当时的我，对于这种解释还是蛮有自信的。

（"她可能已经入睡了，但这也是没办法的事。"）

（"你想做什么？"）

（"让姨妈帮忙去桃香的房间里看一看。"）

（"干吗非得让姨妈……"）

（"这么晚了，两个大男人闯进妙龄女孩的房间，未免太冒犯了。"）

（"我说你啊，好歹算是从姪儿的父亲吧？而且，我想这世上也没有多少女人，看到我这位美艳动人的表哥还会觉得害怕的。喂，等一下，喂。"）

两人这么说着，走过了正广的房门前方，来到我房间前敲响了房门。

"从这里开始，阿素梦里的剧情就和我的会合了。在往下说之前，我先说说自己后半部分到这里为止的预知梦吧。"

"有劳了。"

"在现实世界里醒了一回，去了一趟厕所又睡了过去，回到预知梦里，果然也是在厕所里。不是，这也没什么好笑的吧。"

"是哪个卫生间？南侧靠东的那个吗？我房间隔壁的？"

"嗯，大概是吧。吃完晚餐收拾干净之后，时间还挺早的时候我就睡着了。醒来后看到镜子里自己的脸，那叫一个肿啊，感觉没了半条命。酒意完全没退。"

"谁让您一到别墅就开喝了呢，还一边备菜一边喝。"

"简直就是厨房酒鬼①呢。"

我平日里挺能喝的，那天之所以从大中午就开始喝酒，确实有不得不喝的原因。不过这件事也容后再禀吧。

"梦里的我洗了手，正准备离开卫生间时，突然停下了脚步。我发现往北侧那边的走廊通道上，小桃就站在那里。"

"桃香？我想想……从那个位置来看，她是准备去南侧的浴室吗？"

"不是。她打开了时广的房门，走了进去。"

"欸……"

"小桃似乎完全没发现我的存在。"

"桃香去了时广舅舅的房间……她那个时间究竟是去做什么？"

"我回到自己的房间，看了时钟，见已经快到晚上十点了，心里也觉得奇怪来着。"

"搞不好桃香不是去找时广舅舅，而是去跟他未婚妻说事？"

"欸？这怎么说？"

"毕竟那位猪狩小姐也住在时广舅舅房里吧，这么想理所当然。回过头来想想，我在预知梦的那个时间段里，也是一次都没见到时广舅舅的未婚妻。"

这绝对不是偶然，当中是有正经原因的，不过我打算一次性说完那些烦琐的解说，详情还是晚点说吧。

"总而言之，我很好奇小桃去做什么，可要是我直接闯到时广房里去也是不太妥当的。"

我费老劲地透过房门上的猫眼观察外头走廊上的情况，当然

---

①指背着家人在厨房里痛饮的家庭主妇。

了，因为角度问题，根本看不到哥哥房间周围的位置。

"我想着，干着急也没用，找个借口过去瞧瞧吧，便打开了房门。结果，时广的房门也正好开了……"

我条件反射般地将门把手往自己身前一拉，透过门缝窥探哥哥房间那边的情况。结果——

"我看到小桃正从时广房间里出来。她好像根本没发现我，直接去敲了兰兰的房门……"

"去了米兰房间？"

"兰兰出来应门，两个人交谈了一句，就进了房间。"

"桃香在时广舅舅房间里待了大概多久？"

"也就几分钟而已吧。我又没一直盯着时钟计时。"

"出来之后，桃香立刻就去了米兰的房间……而不是回自己房间？"

"是啊。"

"找完时广舅舅，又去找米兰说事吗……"

"谁知道……"

"您当时是怎么想的呢，姨妈？"

"我没想那么多，躺到床上想继续睡觉来着，却怎么也睡不着，辗转反侧了好一会儿。最后还是作罢，决定到楼下喝一杯。就在我的手碰到门把手的那一刻，敲门声响起了。"

"原来是这么回事。当时我的敲门声还没停房门就打开了，是因为您就在门后啊。"

看到阿素和正广在一起，我有点惊讶。

（"欸？咦？怎么了，两个人一起来？发生什么事了吗？"）

（"呃，这个嘛……"）

（"就是那个，惠麻她……"）

阿素正要开口说什么，却被正广挤到一旁。他对我说道：("惠麻她，人不见了。")

("人不见了？")

("是啊。")

("什么意思？什么叫'人不见了'？")

("就是说，我哪里都找不到她。真的，这宅子里到处都找不到……")

("这宅子里，到处都找不到，是嘛。")

我像是鹦鹉学舌般地复述，就在这绝妙的时机，我的视线对上了金栗小姐的眼睛。

("你在做什么呢，小正正？")

正广听到身后传来女朋友的呼唤，身子向斜后方一扭，差点往后仰。("欸？哇！吓死我了。")

("你跑去哪儿了呀？")

("我、我还想问你呢。刚刚你躲哪儿去了？")

("啊？我当然在我们房间呀。")

("不，不对不对。刚刚你明明就不在房里。")

("哦哦，我去楼下了，想找点冷饮喝喝的。")

("欸，这怎么可能啊……")

("我回到房里，发现原本睡在那里的小正正不见了，怎么等也不见你回来，还纳闷这是怎么了？")

("不对，我刚刚才去楼下看了，哪里都找不到你啊。")

("我就说了，正广在二楼的卫生间或盥洗室里找人的时候，正好和爬楼梯回房间的金栗小姐错过了嘛。")

阿素提出的这个观点，正广似乎不太能接受。

最后，他留下一句("不好意思，惊扰大家了")，带着金栗小姐退回了西侧的房间。

("……阿素,你刚才在做什么?怎么和正广一起来了?")

("没有,我也在找桃香,恰好碰上了正广而已。")

("小桃?你要找小桃的话,刚刚我看到她进了兰兰的房间。")

("米兰的房间?")

"当时我没跟你说,小桃在去找兰兰之前,去了正广的房间。我不知道该不该说。小桃去找正广的原因,当时我能想到的只有一个,而且是一个非常敏感的问题……关于这件事,我一会儿再解释,总结之后一起说。"

阿素的眼神莫名有些游移。

"若是此时此刻的我,既然知道了桃香的下落,也就没必要再紧跟着她了,但是梦里的我当时已经往米兰的房间走去。从时广舅舅房门前经过的时候,我往旁边瞥了一眼,隔着楼梯井看到姨妈从南侧的开敞式楼梯下楼的身影。"

梦里的阿素敲了敲兰兰的房门。

对着出来应门的兰兰,阿素先是道歉:("不好意思,这么晚来打扰。")接着他又问,("桃香,是不是在你这里?")

兰兰摇了摇头。

("不在。刚刚倒是来过。")

("刚刚?她来过你这里?")

("嗯。")

("不好意思,突然跟你提些怪问题。桃香她,找你做什么?")

("她说要看看窗户外面。")

("什么?")

("她说，想从这个房间的窗户看看外面的景色。")

("呃……就这事儿吗？")

("就这事儿。")

("那你怎么做的？")

("我就请桃香姐姐进来呀。然后她就从那边的飘窗观察外面。")

("观察外面……她真的只是看了窗外的景色吗？")

兰兰做了一个撇下唇的表情，耸耸肩膀。

("舅舅要不要也看一下？")

("欸？")

("不过，桃香姐姐说了，外面太暗了，什么都看不到。之后跟我道了谢就出去了，就是刚才的事。")

阿素一时半会儿说不出话来。

"话虽如此，我并不觉得奇怪，怎么说呢，甚至感觉可以理解。虽然同为我自己，差别就在于是否体验了前半部分和后半部分之间那八个小时的空白间隔。"

离开兰兰的房间后，阿素又去了隔着公用盥洗室靠西一侧小桃的房间敲门。

然而，没人回应。

阿素本打算先回自己房间，转念一想，又从北侧的开敞式楼梯下了楼，而我正在餐厅里独饮，两人在这里再次碰头了。

("怎么了？小桃在吗，还是不在？")我拿着高脚香槟酒杯，问道。

另一头的阿素，却是前所未有的沮丧神情。

即便在他母亲骤然离世、妻子被害的时候，至少在葬礼或公开的场合中，他都不曾流泪，但看到他此时此刻就快哭出来的表情，我一阵愕然。

("怎、怎么了，阿素？出什么事了？小桃她……")

("姨妈……")

("嗯？")

("我实在搞不明白了。")

("不明白什么？")

("今后我该怎么做才好……关于桃香……还有我自己……")

("好、好啦，你也喝一杯吧，冷静一下。")

我从橱柜里拿出另一个高脚香槟酒杯，往杯里倒了些布雷登白葡萄酒。

阿素什么话也没说，一口饮尽，叹息一声。

也不知过了几分钟——

("其实……在那边……")

阿素终于开口了，但就在这个时候——

一声足以令人血液冻结的惨叫在我脑袋上方响起，划破了这片昏暗。

("欸？")

"砰"的一声，像是某个房间的房门被粗暴地关上了。

("欸？咦？咋了？")

"咚"的一声，仿佛某个很有重量的东西倒地了。

紧接着，又是一阵呕吐似的、抽抽搭搭的哭声。

("怎、怎么回事？")

("那个声音是……")

我和阿素赶紧从开敞式楼梯跑上了楼，就见有人全身无力地瘫坐在阿素的房门前。

是兰兰。

她坐在过道上,整个人倚靠在围着楼梯井的那一圈与胸同高的栏杆上。

("兰兰!")

("美兰,怎么了?")

听到我们的问话,兰兰依然嘴巴一张一合,以令人心焦的动作缓慢地摇着脑袋。

她的喉咙发出喘息的悲鸣,仿佛那里被空气的结块堵塞了,每出一声,眼角也跟着溢出泪花。

("那……那里……")

兰兰终于发出稀碎的声音,颤颤巍巍地指向阿素的房门。

("里面……房、房房、房里面!")

("是这房间里面吗?里面怎么了……")

阿素正要伸手去碰自己房门的门把手。

兰兰立刻喊了一声("不行"),阻止了他。

("不行!不可以!")

兰兰用了我从未听过的悲痛嗓音这么喊道。

("不行,不能开门!不能看!舅舅绝对不能看!至少舅舅……只有舅舅不能看。")

单凭这句话,阿素大概已经想到最糟糕的状况了。他一句话也没说,开门冲进了房间。

我犹豫了一小会儿,跟着他进去了,又吓得停住了脚步。

阿素跪在地板上,躺在他旁边的是小桃……她的脖子被类似窗帘流苏绑带的东西紧紧缠绕着。

她的四肢如同被毁的人偶,无力地垂落。

("小……小、小桃?")

丝毫感觉不到生命力。

身体一动不动。

("怎么会……")

阿素颤抖着摆弄她的脖颈和手腕,最后才摇摇头,站起身。

("没有……呼吸。")

("怎么可能?不、不会的……")

("她死了。")

("你骗人。")

("最好什么东西都别碰。")

阿素催着我来到走廊,反手关上了房门。

("不是真的……这不是真的吧,啊啊啊。")

痛苦呻吟的我和阿素四目相对。

("阿、阿素……阿素!")

但他明显没在看我。不仅是我,就连依然不知所措、虚弱地瘫坐在过道上仰望着阿素的兰兰的身影,也不在他的视野之中。

此时此刻,他的眼睛是名副其实地"死了"。视网膜上无法接收一丝光亮,周围的人、事、物都无法形成完整的图像。

那双眼睛应该看不到任何东西了。对于失去了一切的阿素来说,这世上任何值得他去认知的事物,已经一个不留了。

("不是真的……求您了……老天啊,求求您,这不是真的。")

我的声音本该是悲痛万分的,但不知为何,听起来却是极其空洞的。眼前这过于惊人的事态,如果不开口说些什么,精神估计就会崩溃,这种压迫感驱使我发出了声音,然而这一句话里所暴露的只有残酷至极的无力感。

什么都做不了……我什么都做不了。阿素失去小桃,我却无法为他做些什么，只能一个劲儿地念叨着"老天啊老天"。

我用尽一切精力，不让自己看向已经化为虚无的阿素。

（"兰兰……出了什么事？为什么，你会在这里……"）

这时，正广和金栗小姐小跑着过来了。

（"这、这究竟是怎么了？"）

我伸手给兰兰借力，让她站起身来，阿素则站在房门前挡住路，正广和金栗小姐一脸困惑地来回看了看他们。

（"怎么了？发生什么事了？我好像，听到了一个很凄凉的惨叫声，那是……那是，兰兰喊的吗？"）

（"是、是、是我，刚刚……"）

兰兰好不容易站起来，勉强地撑着身体，哭出声来。

（"我、我我我、我刚刚、刚刚，进了那……那、那个房间，结果……结果……"）

兰兰大张着嘴巴，却发不出声音。

正广的视线从说不出话的她转移到阿素身上。接着——

（"报警吧。"）

（"啊？"）

（"必须报警。"）

阿素原本如空洞一般的眼睛，终于找到了焦点。

（"你说，报警……"）

（"桃香死了。在我房间里。"）

（"你、你胡说什么呢？什、什么叫，死了？"）

（"看样子，是被人勒住脖子勒死了。"）

（"喂、喂喂喂喂，别胡说了，难道她真的……"）

正广刚要迈出脚步，阿素立刻摊开双手，挡住了他。

（"请不要看。"）

("什么？为啥？")

("别看了，行吗？")

("可是，你……")

("拜托了，不要看。")

("就算你这么说……")

("算我求你。")

("可是，为、为什么啊……")

("我说，小正正你是没有心啊。")

金栗小姐插进来训斥了一句。

("没有心，什么意思？")

("就是说，你能不能考虑一下素央先生的心情。再说了，你看电视就没看过刑警剧吗？这种时候最重要的就是保护现场，其他都先放一边。我们不能随便进去，也不能乱看。")

("不是，我也不是那种爱起哄的人好吗？")

正广嘟嘟囔囔地越说越起劲，金栗小姐扯了一下他的手臂。

("总之，必须报警。行了，小正正，快去呀。")

("我去？为什么要我去报警？我又没看到案发现场。")

("说什么呢。总得有人跟对方说清楚地址和路该怎么走，不然报警就没意义了。我可不知道这栋别墅的门牌号之类的。")

正确来说，提及别墅的地址是不说门牌号的，而是说分区号。

("对哦。你、你说得也是。")

("好了，既然明白了就赶紧去。")

("好咧。唔，我手机呢？啊，在枕头边上。")

在金栗小姐"快去快去"的催促声下，正广回了自己房间。

"啊……说起来！"

阿素啜饮了一口威士忌苏打，突然发出一声怪叫。

"怎么了？"

"抱歉。说到手机，我想起一件怪事……发现桃香的遗体时，她身边掉了一部手机。"

"是小桃的手机吗？"

"不是，那玩意儿好像是……现在回想起来觉得很不对劲，感觉那好像是我的手机。"

"唔唔……"

"不，不对不对。绝对不可能是我的手机。明明被我大意落在家里了，怎么可能突然出现在那里。"

不，那应该就是阿素的手机了。

否则，原本应该待在自己房间里的兰兰，怎么会去阿素的房间发现小桃的遗体呢？这个事情的经过也说不通啊。

"回到正题吧。在正广去拿自己手机期间，姨妈一边喊着时广舅舅的名字，一边走向他房间……"

（"时广！时广？我说时广啊，你在做什么呢？闹了这么大的动静你还不出来。"）

"敲门的时候，我想着大哥肯定是喝醉酒睡得太沉了。果不其然，没人回应，所以我就开门走了进去。结果……"

只见时广倒在地上。

脖子被窗帘流苏绑带缠绕着，头上的白发染了一些黑红色。

他断气了。

看样子，他是被某人用硬物击打了脑袋，失去抵抗能力之后再被勒死的。

"小桃的脑袋是不是也被击打过，现在我也不是很清楚了，但是我一眼就能确认，这是同一个人犯的案。"

我慌慌张张地冲出大哥的房间，反手关上房门。

走廊上，兰兰还紧紧抓着阿素，泣不成声。

兰兰从未哭得这么痛不欲生，至少我是第一次见到。无论是她母亲加奈子去世的时候，还是她外公元章病逝的时候，葬礼上的她虽然会流泪，却没到如此悲伤的程度。

我生平第一次清楚地感受到，这就是所谓的"恸哭"。

（"没事，没事的，米兰。没事的。"）

阿素这样安慰着，抱紧了兰兰，像呓语一般地重复着。

（"没事的，真的。米兰，真的不会有事的。"）

这一幕，乍看之下像是阿素在抚摸外甥女的头发让她冷静下来，但在我看来，两人真正的作用是反过来的。

素央舅舅失去了最爱的人，他只有我了，今后就由我来守护他……

兰兰内心或许已经下定了这个决心吧？我之所以这么想，绝不是过度臆测。

因为，此时的我也是一模一样的心境。紧紧依偎着阿素不愿放手的兰兰，她这个身影仿佛就是我的镜像……想到这里，我多少有些动摇了。

"还有一件事，我当时没说出来。"

或许是因为我的表情相当可怖，阿素显得有点畏惧。

"什么事？"

"时广遗体旁边，掉了一本黑蓝方格的手账本。"

"欸……那手账是……"

"看着像是小桃平日里随身携带的备忘录，在店里给客人们点菜时用来记录的……"

"那东西，为什么……为什么会在时广舅舅的房间里？"

"不知道。至少当时我是不知道的。突然看到大哥的遗体，让我整个人都混乱了……只想着要赶紧报警才行。"

("我报警了。")

这时，正广回来了，("他们说很快就来。")

("正广！")

我冲向外甥，问：

("你是怎么说的？")

("啥？")

("你跟对方怎么说的？")

("呃，您是指，跟警察吗？我就说，这里是久志本时广名下的别墅，有一个在此留宿的女人死了，好像是遭人杀害的。")

("不是一个。")

("欸？")

("被害人，不是一位。")

("什、什么意思……")

("时广……你爸爸也死了。")

正广的喉头发出"咕"的一声。

("是被人杀害的。跟小桃完全一样，被人勒住脖子。")

正广的脸在抽搐，看起来像是想笑却又笑不出来。

("这，不、不会吧，姨妈？")

("你撑着点儿。")

("骗人……您、您在骗我吧？")

("是真的。")

("老爸他……怎、怎么会？")

他踩着摇摇晃晃的脚步，想往东侧房间走，我拦住了他。

("什么时候到？")

("欸？")

("警察几分钟能到这里?")

("呃、这个,我哪知道。不能指望他们有市区那样的出警速度,反正说了会急速赶来。我想,应该不会花好几个小时吧。")

("听我说。")

我扯住正广的手臂,拉着他来到兰兰和阿素跟前。

("你们都听好了。虽然不知道是谁动的手,但是这个人想把我们所有人都杀掉。")

我感觉所有人都倒抽了一口凉气。

("所以,是真的?老爸真的……姨、姨妈,他、他真的死了?")

正广想朝时广房间迈步,我又一次拦住了他。

("不可以一个人独处。绝对不可以。在警察到场之前,大家要一起行动,明白吗?")

正广正要点头,突然像上了弹簧似的跳起来。

("惠、惠麻呢!")

("快去带她过来!")

("惠麻啊啊啊啊啊!!")

说着,正广转身朝西侧房间一路猛冲,我们也紧随其后。

("惠麻,惠、惠麻,出事了,赶紧从这里……")

喊到一半的声音,突然变成了一声惨叫:("啊……啊啊啊啊啊啊啊啊!")

("正广?")

我们刚跑进房间,就听到他在怒吼"不要过来啊啊啊啊啊",并下意识地后退几步。

("究竟怎么了?")

("别、别过来……请不要过来了,姨、姨妈。")

("到底出什么事……")

闯进我眼帘的,是仰面倒在地上的金栗小姐。

她两眼翻白,嘴巴半张,脖子上缠着类似窗帘流苏绑带的东西。而且,下半身是赤裸的,上衣则被卷起。

房里的灯光明晃晃地落在那对浑圆白皙的乳房上,显得无比艳丽而凄惨。

("金……金栗小姐她?")

("她走了。")

那副从未见过的凄惨模样,让正广背过了身子。

他像孩子似的哭得眼泪鼻涕乱飞,把我往走廊上推。

("这到底,是怎么……")

("都说她走了!")

在被推出房间的前一秒,我发现——房间深处的飘窗开着,窗帘在随风飘扬。

难道凶手是从那里……

我把耳朵贴在紧闭的房门上,试图偷听里面的动静,隐约听到了像是正广在抽泣的声音。

偶尔夹带几声歇斯底里的笑声。

("姨妈……")

阿素搂着兰兰的肩膀,朝我走近。

("房里什么情况……")

("金栗小姐她……")

("怎么会?")

我对他摇摇头。

("脖子被勒着。")

("是……被杀了吗?")

兰兰进一步贴紧了阿素的身体。

("是同一个人干的吗？")

("不知道。不过，每个人的遇害手法似乎都一样，搞不好……")

("正广他……现在……")

我无法回答。

也不知过了多长时间。

房门缓缓开启，面容憔悴的正广出来了。

("对不起，我真的……")

他扶正即将滑落的眼镜，反手关上了房门。

("对不起，我知道保护现场很重要，但是……")

刚刚房门闭合前的一瞬间，我瞥见地板上有一团隆起的人形物体。正广大概是想说，他实在无法任金栗小姐就那样半裸着不管。

("为什么……他们三个会……")

正广依次看了看我、阿素和兰兰。

("大家要集体行动，找个地方待着随机应变吧。")

("还是待在一楼吧。守在二楼客房的话，万一有状况，可能会被逼进死路。等警察来了，就立刻请他们保护我们。只不过……")

("只不过什么？")

("刚刚我朝正广房间瞥了一眼，发现飘窗是开着的。如果杀害金栗小姐的凶手是从那里跳下楼逃跑的……")

("那他有可能再次闯进一楼的会客厅或餐厅。")

北侧开敞式楼梯下方的楼梯口有一个控制面板，正广在那儿操作了一番。

原本只有长明灯那一点微弱光亮的宅邸一下子亮堂得犹如白昼,所有照明的灯光铺满了整个空间。

有那么一瞬间,那些刺眼的灯光让我的后背蹿过一阵恶寒。

真是不可思议。宅邸一旦变得明亮,内心确实涌现了些许安心感,然而与此同时,一种难以言喻的恐怖情绪也在逐渐高涨。

也不知道这种比喻是否恰当,恐怖电影里的残忍场景本该是在照明稍显昏暗的环境中展开的,若是在灿烂的阳光之下发生,会是怎样的画面呢?即便只是一个镜头,也能淋漓尽致地展现这鲜明的一幕。

先前亲眼看见的小桃的遗体和大哥时广的遗体,在我的脑海里渐渐浮现。

那两具遗体是在长明灯那种多少有些不可靠的照明下看到的,与此相对的,金栗小姐的白皙肉体上落着明晃晃的室内灯光,两者形成了强烈的对比。

要说哪一种更能催生恐怖的情绪,估计也是见仁见智吧。不过至少于现在的我而言,暴露在明亮灯光下的白皙肌肤,远比那沉在昏暗中的遗体来得可怖。

("来,我们走吧。")

("大家都留心点。")

正广打头,先行下了楼梯。接着是兰兰、我和阿素,慢慢地往下走。

("我们彼此都不要离开。")

粗略看了一眼餐厅和会客厅,除了我们四个,没有其他人了。

("千万要提高警惕。")

("先把后门关好……")

这栋别墅的正门位于南侧,从位置来看,正好在阿素和我的房间中间的公用盥洗室的正下方。

而我们下了楼梯后所站的位置在北侧,宅邸的后门在这一边。

正广先去检查后门有无异样。

("如何?")

("没问题。厕所呢……")

一楼有两个卫生间,分别为男性单间和兼作化妆室的女性单间。

厕所位于会客厅空间的北侧一角,从位置上来说,在兰兰房间的下方。

("不要掉以轻心。尤其是女厕,可能有人正躲在那个单间里。")

四个人抱团去查看厕所和化妆室有无异样,这或许算是一种非常难得的体验。虽然这里空间宽敞,不至于让人有拘束感,但还是觉得怪怪的。

男厕和女厕都仔细检查了。

窗户是紧锁的。

没有人藏在单间里。

接下来是查看通往东侧露台的玻璃门,还有南侧的观景窗。

每一处都没有异常。

我们就这样在一楼东半边的大半部分走了一圈,最后来到正门玄关。

("这里也没问题,门确实锁好了。接着看哪里……")

("正广,厨房后方。")

("啊,对。")

一楼的布局大致分为两部分,东半边是会客厅空间,西半边是餐厅和厨房。

厨房靠里面的位置有一个专用入口,而且,偏偏就是在西侧。

入口的位置几乎就是在正广房间的正下方,如果凶手杀害金栗小姐之后,从窗户跳下逃跑,这个厨房入口就是二度入侵的最佳路线。

("没事,门锁着呢。")

正广的这句话,让所有人终于稍微放松了些许。

("接下来我们就聚在一起,一直待在这里吧。")

我们决定到离正门最近的沙发坐下,等待警察到来。

("啊啊,可恶。为什么又是……该死的,突然发生这种事……")

正广摘掉眼镜,把脸抹了一圈,突然冒出一句"等一下"。

("喂,素央。刚刚你说的那件事……")

("我说的什么事?")

("你说那边……")

正广用下巴示意朝南的观景窗。

("有个可疑的人,从那个窗户往屋里偷看……")

("欸?")

兰兰倒抽一口气,紧紧贴着我。

("阿、阿素,那是,真的吗?")

("是什么样的人?")

("我刚才也讲过了,因为只看到一瞬间,不是很清楚。是男是女,是年轻的还是上年纪的,都不知道。")

("我没看到,没法说些什么,如果不是素央的错觉,搞不好……搞不好,就是那家伙把他们……")

("不是我的错觉。")

("那就是他了,肯定没错。")

正广的眼白都充血了。

("搞不好……我是说搞不好，那家伙从一开始就想对惠麻动手才到这里来的。你们想想，老爸在电话里说的那句话。")

直到此时我和兰兰才得知，早前时广从自己房间给正广那边打内线电话说了些什么内容。

("那个人连老爸和从姪儿都杀，是不是因为自己的样子被他们看到了，或者是因为他们以某种方式妨碍他动手了。")

惠麻没事吧——时广这种锁定目标的询问方式，也确实让人在意。

("可是，那个黑影原先是在外面的。他是怎么进入屋里的？刚刚大家一起去确认过，一楼的门窗都锁得好好的。")

("只要成功闯进来，他自己也能上锁。")

("我问的是，他是怎么进来的？")

("例如，可能是用内线对讲门铃让人给他打开了自动门锁。")

("你说什么？")

大门和后门用的是自动门锁，附带监视屏幕的操作面板就设置在餐厅。

("你是说，凶手让某个人打开了门锁？到底是谁？")

("大概是，老爸吧？")

("你的意思是，时广舅舅饭后一直待在餐厅里？")

("不是不是。对讲门铃的屏幕操作面板不是只有餐厅才有，老爸房间里也有。")

("欸？真的？")

阿素看向了我，我回以点头。兰兰也跟着附和，连连点头。

("我之前不知道。仔细想来，我都没进过时广舅舅的房间。")

兰兰应该也没进过时广的房间,但她知道对讲门铃的事,是因为时广曾告诉她,如果在屋外遇到什么为难的事,可以直接通话到他房间。

曾被邀请来这栋别墅的人都知道这个情况。就连阿素应该也是清楚的,不知他是不是一时遗忘了。这一点暂且不提,不过亲戚之间交情淡薄的弊端,在此时此刻倒是展露无遗。

("派对结束之后,大家都各自回房休息了,或许在此期间有人来到了别墅,从正门或者后门,用内线对讲门铃跟老爸通话。")

("你的意思是,在那个来访者的哄骗下,时广舅舅稀里糊涂地打开了自动门锁?")

("如果是认识的人,他应该会邀人家进屋的。只不过,即便是认识的人,这么晚还上门,要想让老爸开锁,没有合理的说辞也办不到吧。这么看来,正如你说的,老爸可能是被那个人哄骗了。")

("这样啊,是时广舅舅……原来如此,原来是这么回事啊。那么,刚才……")

阿素正独自嘀咕着,却被来了劲头的正广打断了:

("这么一想,很多事就说得通了。")

("什么事?")

("老爸的那通内线电话。他说有可能是自己看错了,感觉房子周围有人在晃悠,让我小心关好门窗。你不是说,这话听起来不像是他自己亲眼看见,而像是别人跟他汇报的吗?那么这个来汇报的人,是谁呢……")

("是让时广舅舅打开自动门锁,邀进屋子里的那个人?")

正广重重地点头，表情相比先前平和了一些，但仍是愁云惨淡。

（"那人顺利进屋之后，提醒老爸小心门户，说宅子周围有可疑人物在晃悠。他捏造了一个不存在的人物，以这种方式让老爸没去警惕这个真正的可疑人物。"）

（"原来如此……这样或许说得通。"）

（"假设凶手是用这种方法闯进来的，那他已经是瓮中之鳖了。"）

（"这话怎么说？"）

（"因为他肯定留下了证据。你看，就算老爸再怎么天真不会怀疑别人，也不可能为了一个不肯在监视屏幕上露脸的来访者，就稀里糊涂地打开门锁吧？"）

（"也就是说，暴露了真面目的凶手与时广交谈时的影像和声音都留有记录，对吧？"）

（"没错，没错。"）

正广转而面向我，脸上终于恢复了血色。

（"就算凶手没有使用对讲门铃，只要他敢闯进来，设置在正门、后门、露台、厨房入口的任何一台监控摄像机都能拍到。虽然当时他可能蒙着面，不过现在的影像解析技术可不是虚的，只要我们把监视屏幕和监控摄像机作为证据提交给警方，分分钟就能逮到那家伙。"）

（"该不会……是那位猪狩小姐干的吧？"）

阿素突然说出的这句话，让其余的三个人都面面相觑。

（"你在胡说什么呢？"）

（"刚刚正广说的情况，都是以外来人士犯案为前提的，对吧？"）

（"当然了。为什么你要特地提出内部人士犯案的说法啊？"）

（"姨妈。"）

阿素一脸严肃，视线从正广那边转移到我身上。

（"时广舅舅确实是被人杀害的吧？"）

（"是啊。确确实实，断气了。"）

（"虽然在没有证据的前提下这么说不太妥当，不过既然现在时广舅舅被杀了，怀疑与他同房的未婚妻不是理所当然的吗？"）

正广、兰兰和我再次彼此对视。

（"如果凶手是猪狩小姐，那她为什么要对桃香和金栗小姐出手呢？会不会是因为杀害时广舅舅的过程碰巧被她俩目击，为了封口而……"）

（"不会，这不可能。"）

我们三人不约而同地开口道，声音形成了合唱。

大概是被吓到了，阿素难得露出了仿佛斑鸠吃了竹枪一般的表情，张口结舌。

（"我说素央啊，这事儿解释起来有点复杂，我直接说结论吧。那位猪狩小姐没有在别墅里留宿。也就是说，她现在不在这里。"）

（"不在？为什么？今天中午舅舅不是说要去常世酒店接她过来吗……"）

（"嗯，去是去了，但是之后，老爸是一个人回来的。"）

（"一个人回来？我不太明白你的意思，怎么又有这么奇怪的变数……"）

（"其实，我、我想……"）

兰兰战战兢兢地站起来，有些尴尬的样子。

（"怎么了，想去厕所？"）

我也站起来，道：("我跟你一起去吧。")

("不用。")

("不，不行不行。这种时候绝对不能一个人行动。白天那会儿你不是说了吗？这是恐怖电影里常见的孤岛套路。")

我并不想说得那么轻佻，但对于自己这句话还是莫名有些厌恶。

("独自行动的话，不知道会发生些什么。至少不能彼此分开。反正女厕有三个单间，走吧。")

我和兰兰结伴走向卫生间。

结果，正广仿佛被我们影响似的，也站起身来。

("不行。")

("怎么了？")

("一想到惠麻那个样子，我、我没信心让自己保持清醒。我知道这么做不够谨慎，但是，让我去喝一杯吧。")

("那我也陪你去吧。姨妈说得没错，这种时候不能独自行动。至少彼此分开不是明智之举。")

("怕什么？虽然隔了一点距离，那边还是能清楚看到大家的身影，没事的。")

我听着他们这些对话，准备和兰兰一起进入豪华程度堪比酒店的卫生间兼化妆室，就在这时，我改变主意了。

从正广和阿素的角度来看，同时看不到我和兰兰，可能会让他们心生不安。

于是我决定让兰兰进入卫生间，自己在外面等着，同时用视线追着正步入餐厅的正广和阿素的身影。

("素央，刚刚，抱歉了。")

正广打开冰箱，将一瓶大概是小瓶装的啤酒递给阿素。

("欸?呃,你指的是哪件事?")

("就是,刚才知道从姪儿被杀时我瞎闹腾的事。我那时不知道是真是假,想冲进房间看看来着。但是你拼命拦住了我,求我不要进去看……")

("哦哦……")

("老实说,当时我脑子里在想,这家伙在瞎说什么呢。你想想看嘛,突然被告知从姪儿遇害了,却不让人看案发现场,我都不知道该下什么判断才好了。")

("确实是啊。")

("说到底,谁也不敢保证,这是不是你和姨妈合起来搞的恶作剧,对吧?唉,先别生气,你试着站在当时我那个立场想一想,是不是那样?")

("嗯。")

("我当时在想,从姪儿其实并没有被谁杀害,而是还在房间里活蹦乱跳的。我是真的这么怀疑过的,对不起。")

正广就着小瓶装啤酒的瓶口仰头喝酒,那动作堪比舞台剧演员,激烈且充满戏剧性。

或许是疲于来回走动,他把小瓶子放到餐桌上,重重地落座在椅子上。

("而且,假设,我是说假设哦。假设从姪儿被杀这件事是真的,为什么你不愿意让人看她的遗体?我想到的最糟糕的情况是,搞不好杀害她的人就是素央,而那个房间里可能还留有指控你就是凶手的证据。我甚至怀疑,你是在拼了老命地阻止我们去看现场……唉,我懂我懂。是我让你心里不痛快了,是我的错。所以我这会儿在跟你道歉了啊。")

正广从刚刚落座的椅子上起身。

我还在想要不要去照顾一下,这回他却转移到开放式的厨房吧台座位坐下,似乎不管坐在哪里都令他待不住。

才刚这么想着,他又很快站起身来,去拿一直放在餐桌上的小瓶装啤酒。

看他的动作,似乎有些迷惘,但最后还是回到吧台座位那边。

看样子,他是实在不知该怎么压抑自己纷乱的情绪。

("真的,我对不起你。")

("我没有不痛快。正广,你说的几个问题都是对的。说得一点也没错。")

("人啊,若不是置身于同样的状况,是很难理解的。这一点我深有体会了,真的。")

阿素把小瓶装啤酒往嘴边送,送到一半手却停下了。

从我这个位置看不清他的表情,他似乎是在认真听着正广说话。

("我也一样……不想让任何人看到惠麻那副惨状。绝对不行。所以,我才会那么用力地把姨妈推出房间……啊,糟了。")

("怎么了?")

("手机。")正广咋舌道,("报警之后,不小心落在房间了。现在几点了?")

("我看看……")

阿素拿着小瓶装啤酒朝会客厅走来,看了一眼陈列柜上的数码时钟。

("二十三点五十二分,再过一会儿就是星期天了。话说回来,警察来得真慢啊。就算这地方再难找……")

一个奇怪的声响打断了阿素这句话。

"嘭"的一声,接着是一道刺激神经的尖叫声:"啊啊啊啊啊！"

仔细一看，坐在开放式厨房吧台座椅上的正广，整个人跌落在地板上。

("啊……啥……怎、怎么回事？")

小瓶装啤酒也掉到地上，或者应该说，是在被正广握着的状态下，狠狠地砸到地板之后，喷着酒沫摔得粉碎。

("为、为为为、为什么？")

正广颈部涌出赤红色的喷泉。

("为什么……为、为什么……")

很快地，从他的上衣衣领到袖子、下摆都被染成了红黑色，简直就像被人泼了一桶染料。

("为什么？为……为……为……")

眼镜也随着飞溅的血沫摔飞了。

正广的脑袋直接砸在地板上，发出了"咚"的不祥声响。

("正广！")

阿素大叫出声。

这时，前方出现一个穿着黑上衣、黑短裤的人。

("你是谁？")

那人戴着墨镜和白色口罩，分不清是男是女，也不知道是老是幼。唯一能确认的是——

那人高高举起的物体，是一把鲜血淋漓的菜刀。

袭击者应该是偷偷从正广背后靠近，用那把菜刀割开了他的喉咙。

("你是什么人？从哪儿进来的？")

("阿素，不要！")

估计是条件反射下的行动吧，阿素试图靠近仿佛沐浴在血海之中的正广。

("不可以啊，阿素！")

一身黑衣的神秘人毫不留情地朝他袭去。

("你他妈是谁？")

阿素将手里拿着的小瓶装啤酒猛地扔向袭击者。

"咚"的一声闷响。

小瓶子命中黑衣人的肩膀附近，喷洒着啤酒掉落到地上，却没有摔碎。

袭击者没把这一击放在眼里，摆出橄榄球赛场上争球的姿势，朝着阿素冲过来。

("啊！")

从我这个位置只能看到阿素的后背，看着像是被那人刺中了腹部。

("该死！")

("快逃！")

倒地的阿素像婴儿一般蜷缩着身体，为了躲避袭击者的又一波攻击，一边蹬踹地面一边拼命打滚。

("阿素，快逃！快点快啊！逃跑啊！")

然而，那个黑衣人动作麻利地跨坐在阿素身上，仿佛在嘲笑他一般。

("住、住手……")

黑衣人双手重新握好菜刀，用力挥下的刀尖直击阿素的喉管。

于是——

"我的预知梦后半部分，到这里就结束了。"

阿素把玻璃杯里剩下的液体一饮而尽，起身回到桌子这边又兑了一杯威士忌苏打。

"虽然没有亲眼看到最后，我应该是死在这个节点了。"

我点点头。

"应该算是失血性休克而死吧。血流了一地，就算是外行人来看，也能确信那个出血量是没法有活路的……"

"在那之后，姨妈怎么样了？被那人做了什么吗？"

"我也是热血上头了吧。一心想着必须过去救你，等回过神才发现，自己已经朝那黑衣人冲过去了。"

我试图揪住那件黑上衣，袭击者用菜刀一挥。

左上臂被划破，我整个人都慌了。与此同时，倒也让我再次认清了现状，多少恢复了神志。

"我想着，赤手空拳是打不赢的，总之要赶紧逃，于是转身跑向东侧的露台。不知为何，我是下意识地跑向那边，而不是正门。我猛地撞上了玻璃门，把玻璃都撞碎了，那势头即便撞出一身血也不奇怪。结果……"

梦里的我，身后突然传出一声巨响。

（"欸？"）

我急忙停下脚步，回过身去看，就见黑衣人面朝下倒在地上，而且把右手压在自己身下。

（"啊……"）

大概是飞溅到地板上的血让脚下打滑，袭击者整个人往前倾倒的时候，竟被手里拿着的菜刀刀尖扎进了自己的腹部。

他挣扎着想起身，却怎么也起不来，只能一味地四肢乱动。每动弹一次，就发出"咕啊""咿咦"之类意义不明、不像人类会有的奇怪声音。

袭击者保持着趴卧的姿势，动作越来越虚弱。

"我眼睁睁地看着他身体底下漫出一片血海，手脚像痉挛一般抽搐，可能不是即刻死亡的，虽然我也判断不出他是不是真的死了。"

我连滚带爬地跑向女用卫生间，粗鲁地拍打房门。

("兰兰，兰兰！兰兰啊！出来，快出来。我们要从这里逃出去，快点！")

"打开门一看，兰兰就倒在化妆室里……脖子上缠绕着类似流苏绑带的东西。"

确认她已经断气之后，我的预知梦后半部分就结束了。不对，还有一件事。

还有一件非常重要的事。

然而，在揭露这件事之前，我必须做各种验证。

如果一上来就揭开谜底，只会让阿素感到混乱。

必须小心翼翼地，一步一步地，循序渐进地。

*

"凶手是什么人，这个问题自不必说，最大的谜题是那个密室。"

严格来说，凶手行凶时，别墅的一楼部分也不能算是密闭空间，但我很能理解阿素想提出这个问题的心情。

"不论是后门、厕所、玻璃门，还是窗户、正门、厨房入口，每一处都没有异样，门窗都是锁好的。凶手想闯入宅子，就只有打破窗户这个方法了。然而，这个情况并没有发生。"

"还有另一个方法，不是吗？"

"欸？"

"从二楼走楼梯下来。"

"那种做法，跟打破窗玻璃不相上下吧。在那种状况下，我们当中竟没有一个人察觉有人从楼梯那边下来，再怎么想也不太可能吧。"

"说得也是啊。"

阿素有些诧异地眯细了眼睛，大概是从我那种立刻撤回前言的口吻或表情感知到话里有话吧。

"怎么了……姨妈是有什么想法吗？"

我点点头，开口道："虽然只是大概的想法，但我觉得，这一切谜题是联动的。"

"联动的？"

"或许应该说是'追尾式'吧。首先，那个手持菜刀的袭击者是怎么进入阿素所说的这个密室里面的呢？只要解开进入密室的方法，就能自动锁定凶手的身份了。"

大概是因为我的语气过于肯定，阿素像是被戳中了弱点似的，皱起眉头。

"只要知道凶手是谁，自然也能知道其动机，以及导致那个惨剧发生的原委了。"

"动机……说到那个凶手的动机……果不其然……"

阿素犹豫了一下，才继续说道："果然是跟我这个人的存在有直接关系吧？我接受了预知梦的内容，突然取消星期六的别墅之行。结果，那个神秘的连环杀手就没出现，也没有一个人丧命。反过来说，是因为我在那里，才引发了那个惨剧。不管我怎么想，都觉得这个理由……"

"在急着得出结论之前，我先说说实际上的星期六别墅里是个什么情况吧。"

在预知梦里，兰兰是坐着阿素的车，小桃则是坐着我的小货车，分批前往常世高原的。

"实际上的星期六那天，小桃、兰兰和平海是一起搭乘我的小货车。"

在前一天的星期五，得知阿素取消赴约，兰兰就给我打来了电话。

她问我，其实她最近跟一个同大学的学生开始来往，能不能邀他一起去参加派对。

"兰兰说，这是好机会，可以趁着跟走得近的亲戚们见面，把平海介绍给大家认识。"

"这倒是没什么，只不过米兰怎么会突然有这种想法呢？"

"我想过很多原因，可能最主要的一点是，为了释放自己对于阿素的那种执着念头吧。"

"对于我的……执着？"

"在我看来，兰兰很苦恼跟你之间的距离感。"

"这到底是什么意思？"

"你不明白吗？"

"突然提到距离感这种词……"

"你真的没察觉吗？她对于你，有些什么样的想法？"

阿素陷入沉默。

"如果有可能，她是想将你整个人都独占的。"

他依旧没说话，突然伏下视线。

"你想一想，刚刚在这里碰见兰兰时的情况，她仿佛变成另一个人的模样。关于改变形象这件事，兰兰是这么说的，'因为我不需要再套上各种盔甲了，我不做重女了'……"

阿素抬起头，嘴巴张开，但什么话都没说。

"兰兰暴露了自己对于阿素的心思，已经无法自我抑制那种失控了。她很清楚这一点,如果想跟阿素保持恰当的关系,就不能抱有错误的感情。所以她才会把平海作为男朋友介绍给大家,也就是说,她斩断了自己的退路。"

"姨妈说的这些,我并不能完全理解,但是……假设她真的斩断了自己的退路,为什么会在这个时间点生出这样的想法呢?"

"我说了,这其中有很多原因。不管能不能将一切都解释得清清楚楚,但我觉得随着我们分析案件,今后各种情况都会逐渐明朗的。"

我和阿素的玻璃酒杯已成空杯,我拿起两个杯子站了起来。

我往玻璃酒杯里装入冰块,调了两杯威士忌苏打,然后回到桌旁。

"说回实际上那个星期六的事吧。我开着小货车大概十点出发,路上去了常世酒店吃午餐,在餐厅里遇见了貌似我店里的熟客古濑先生。这些内容大致都和预知梦里的对得上。"

我们四人到了别墅后,时广出来迎接。

"带兰兰的男朋友同行这件事是得到时广事后同意的。不过,给大家介绍平海的时候,时广可高兴了。"

大概是他的保守派期待在作祟吧,认为只要兰兰这样顺其自然地走上所谓的"正经婚姻"之路,身为她监护人的阿素就能少一份牵挂。不过此时此刻,我还是避免提及这些吧。

"这时,正广和金栗小姐也到了。"

"欸?这么说,时广舅舅没去常世酒店接猪狩小姐……"

我摇了摇头,说道:"时广的那位未婚妻一直没露面,小桃也觉得奇怪来着,就问'那位猪狩小姐一会儿来不来'。结果,时广露出了很难为情的笑容。"

("啊呀呀，真是不好意思，我被人家甩了，就差临门一脚。")

("啊？！")

小桃大吃一惊。

("欸，呃……被甩了？这、这到底是，怎么回事？")

("哎呀，她恳求我，无论如何都希望我能取消这个婚约。哈哈哈，我也没辙啊。")

("呃，欸欸欸欸欸欸！难以置信。这世上居然有女人敢拒绝时广公公的求爱。")

我在一旁听着，内心大笑三声。

当然，小桃并不是在说奉承话，而是一本正经的。那话里的意思是，那种盯上时广的财产不请自来、旨在成为他老婆的女人本该是源源不断的，不过她也不会那么不知好歹地特别道出这一点。

"不过，那个取消婚约的说法，其实是彻头彻尾的谎话。"

"谎话？"

阿素往嘴边送威士忌苏打的手停下了。

"呃，意思是，对方根本没说过要取消婚约这种话？"

"不是不是。说到底，猪狩小姐这个人，压根儿就不存在。"

"啊……啥？！"

阿素能有如此滑稽又冒失的反应，对他本人来说可能也是一次罕见的体验。

"可能猪狩小姐这个人是存在的，时广只是借了人家的名字。说穿了，时广根本没有再婚的意思。你别看他平时那副模样，其实对正子，就是他病逝的爱妻，还是挺专情的。"

"我也是一直这么认为的。对于时广舅舅来说，这世上就没有什么女人能替代正子舅妈吧。不过，能颠覆这个想法让他决定再婚，想必是遇到了一个不错的真命天女吧。我原本还挺期待能见见那位猪狩小姐的。"

"这就是他的目的。"

"咦？"

"你的这个想法，就是时广的目的。"

"这话怎么说？"

"如果时广再婚，即便是阿素，也会跟其他人一样很感兴趣，想知道对方是一个怎样的女子。也就是说，平日懒得……说句好听的，是不爱跟亲戚打交道的阿素也一定会——这一点，很重要——你一定会到别墅来。时广就是抱着这种目的，或者说，是这种小心思。"

"我……一定会去别墅？"

"他可能觉得，光有正广宣布婚事，这借口太弱了，所以就准备了'自己要再婚'这么一个更具影响力的爆炸性诱饵，而这个目的也确实一度达成了。只不过到最后，阿素以'有急事要去东京'为借口不来了。时广当时肯定很头疼吧，搞不好还在考虑要不要中止这场宣布婚事的派对呢。"

"呃，只因为我没去，就要中止派对？"

"是啊，就是因为你没去。可只是阿素没到场，就突然叫停派对，这件事未免显得不自然。思来想去，就只能拿正广的婚约来当借口，把大家都聚在一起吃个饭，让事情按照计划走完就行了。我想他当时的心情就是如此吧。结果，等来了兰兰带男朋友出席这个令他高兴的大惊喜。"

"令他高兴……对于时广舅舅来说，米兰有男朋友是那么值得高兴的事吗？"

"那是当然的啊。这样一来，特地邀请大家去别墅开派对这件事，不也显得合情合理了吗？他肯定是高兴的。说不定，兰兰也是看透了他的心思，才会带着平海一起去的吧。"

"欸，什么意思？"

"既然阿素不去别墅了，那么时广自然没有必要把自己要再婚这个谎言贯彻到底了。或者应该说，开派对这件事就变得没有意义了，那样的话，时广也会觉得不好意思。这算是兰兰用自己的方式在体贴他吧。她想着，把自己的男朋友介绍给大家，或许至少能令场面热闹一些。"

"慢、慢着，姨妈。等一下。我完全一头雾水啊。也就是说，这话听起来像是，米兰从一开始就知道，时广舅舅要再婚这件事是彻头彻尾的谎话……"

"她当然知道。"

阿素的眼神变得充满猜疑，仿佛在怀疑我是不是脑子不正常，这倒是少有的事。

"这事情有些复杂，要解释的内容也挺多的，我就简明扼要，直接说重点吧。时广打算在星期六那天跟大家宣布婚事，这件事只有阿素和小桃你们两个人是深信不疑的。"

阿素半张着嘴，一脸茫然。

"其余的人，正广和金栗小姐、兰兰和我，所有人都很清楚这件事是假的。不仅知道，还都在帮着时广演戏。"

"演戏……什么戏？时广舅舅到底是……"

"他想做点事啊。"

"他想做什么？"

"你重温一下预知梦前半部分的内容，就知道了。"

"重温前半部分？"

"正广带着金栗小姐来到别墅后，先是做了什么？他花言巧语地跟你和小桃说有东西给你们看，把你们带去了时广那个秘密小屋。然后又借口说要带金栗小姐去朋友的私人土地那边练车就离开了，把你和小桃单独留在秘密小屋。"

我每说一句话，阿素都会随声附和，像幼儿园孩童复述老师的教诲一般。

"过了一段时间，正广主动给秘密小屋的座机打来电话，跟你说他那边有紧急情况，没法去接你们。好，到这里他们就算收工了。也就是说，听从时广命令的正广和金栗小姐完成了自己的任务。"

阿素似乎还摸不着头脑，歪着脑袋，脸上隐约有些不满。

"至于为什么不能去接你们，正广具体准备了怎样的说辞，我是不知道的。不过应该不是车坏了之类的借口吧。毕竟，就算自己的车子不能用，用我的小货车去接人不就行了吗。我估计他准备的故事应该是，金栗小姐在练车时胡乱操控方向盘，结果在哪里撞车了，因为冲击导致颈椎扭伤，必须紧急上医院之类的吧。"

"如果是这样，我应该会顺势这么说，'既然正广来不了，那请姨妈来接我们吧'。"

"这个选项一早就被他排除了。你想想，我不是一到别墅就一边喝酒一边备菜吗？"

"啊……"

"作为备选，他还准备了一个姨妈不认得怎么去秘密小屋的说辞，只不过，喝了酒不能开车这种理由是最实际的。所以一上来我就开喝了。"

"那时广舅舅呢？去常世酒店接猪狩小姐这件事是假的，那么过了一段时间，舅舅总该回别墅了吧。在预知梦的后半段，他也确实成了一具尸体，在自己房里被人发现。"

"正广成功把你和小桃留在秘密小屋就离开了，一接到他的通知，时广就折回别墅，对吧？毕竟他没必要真的一路开到常世酒店，或者他也有可能在离别墅稍近一些的地方等待时机。然后，等他回到别墅，找个契机喝上一杯，就可以装个样子说'今天没法再开车了'。这些都是我的想象罢了。"

我缓缓倾斜装着威士忌苏打的玻璃酒杯，停顿了一会儿，又道：

"就这样，你和小桃处于不受一切外界打扰的状况，两人独处共度一晚的准备工作就此完成。"

阿素整个人都呆了，几乎是虚脱的状态。

"正广打来的电话说到一半，你那边的预知梦前半部分就结束了，如果能再持续一会儿，他应该会用这句话收尾：'情况就是这么一个情况，没人能过去接你们了，明天天亮我会想办法解决的。对不起啊素央，你就和从姪儿在那边的房子待一晚吧。没事的，不用担心，待一个晚上也没什么不方便的。'"

"那么，冰箱里备了那么多存货是因为……"

"秘密小屋里除了酒精饮料和食材，连护肤品化妆品之类的生活用品也配备齐全。小桃说，那些东西是时广为了第二天来这边留宿的猪狩小姐准备的，其实并非如此。那些东西都是给小桃和阿素，为了你们两人准备的。"

"为什么……到底是为了什么，要这么大费周章？"

阿素脸上终于浮现了笑容，但那个表情看着莫名地寂寞。

"一切都是时广舅舅主导的，我可以这么理解吧？"

"嗯嗯。"

"他脑子里在想些什么啊？"

"你就体谅体谅他吧。时广的价值观和想法，就是一个彻彻底底的昭和男儿。他认为，即便你们是继父继女的关系，只要双方都有想法，就别想得那么复杂，赶紧发展成男女关系得了。"

阿素露出有点受伤的苦笑。

"我那位大哥，就是这么一个单细胞思维的男人，总觉得，反正这个世界就是由男女构成的。嗐，他真的是，就爱瞎操心。"

光听这些话，可能有些人会觉得久志本时广这个人，就是家庭伦理剧里常见的那种爱多管闲事的邻家好老头，为年轻人的爱情走向时喜时忧。

然而，实际情况并没有那么温馨，而是更为简单粗暴。于时广而言，男扮女装或是男男女女都在搞同性恋这种事，唯一的意义就是在搞乱这个世界的秩序。

如果是别人家的事，他会置之不理，但发生在身旁的"混乱"，必须由他亲手"纠正"才行……总而言之，他的想法就是如此独断。

我的心情极不痛快，喝完威士忌苏打之后站起身。

阿素玻璃杯里的酒还没喝掉一半，于是我只给自己续了一杯。

"我是真的不想出力帮他们演这种闹剧。在时广来找我阐明计划时，我是拒绝的。我跟他说，把陈腐的价值观强加到别人身上，这种事该适可而止了。小桃和阿素都是成熟的大人了，随他们喜欢去过吧。应该说，只能随他们的喜欢，局外人不该随随便便乱插手。但是到头来……"

"到头来，姨妈还是帮舅舅演了这出戏。虽然是预知梦里的事……那个时候为什么改变主意了？"

"我也不好对大哥的事说长道短，这也算是我在瞎操心吧，但小桃的事一直让我很挂心。"

"有什么让您那么挂心的……"

"就是她和你的那种距离感，总之，就是很不自然。在店里直言直语的待客模样，乍一看还以为你们俩感情挺好的。但是，除此之外，你们没有任何私下接触，这种落差未免太不自然了。"

走回桌子之前我就把威士忌苏打喝完了，于是又折回去调了一杯。

"反正你们没必要住在一起，就算是一家人，好几个月都见不到面或许也算不上是什么稀奇的事。但是，你们不一样。你和小桃之前都在相互顾虑，导致双方的关系逐渐变得严重扭曲。一言以蔽之，你们的关系不健全。"

阿素似乎想说些什么，我举起手制止了。

"你别误会。我可不认为让你和小桃成为男女关系就天下太平了。只不过，作为彼此独立的人格，我希望你们能有正常的沟通交流。因此，我认为你们必须好好地谈一次，在不受任何外界打扰的环境里。"

"基于这种判断，姨妈决定协助时广舅舅去演那场一度被您拒绝过的戏，是吧？"

"我答应了，相对的，我也对时广提了条件。如果要实施这个计划，那就决定不能虎头蛇尾，必须做得更加彻底。要创造一个外界绝对接触不到你们俩的环境。"

"我真是没想到，那个秘密小屋该不会是为此而建的吧？"

"你没必要刻意装傻。当然不是专门建的。让你们在那秘密小屋度过一晚，但要是随身带着手机，那就没意义了。至少，我所期待的效果会减半。所以我提议，制造一些状况，让你和小桃都带不了手机。"

"要怎么制造这种状况？不过，我确实是把手机落在自己家了。"

"不是哦。"

"欸？"

"你的手机不是落家里了，是兰兰藏起来了。大概是在休息区趁你去上厕所的时候。"

阿素眨巴了好几下眼睛。

"在那之后，你在车里听到类似LINE信息的提示音，以为是自己放在拎包里的手机响了，但又因为兰兰的一句'是我手机啦'就听信了。其实，那真的是你的手机。只不过那个时候，手机不在你的拎包里，而是转移到兰兰的行李袋里了。"

"我完全，没发现……"

"站在兰兰的角度，她不希望你一到达别墅就去翻找拎包，万一你察觉明明放在拎包里的手机不见了，搞不好会以为落在休息区而折回去拿。最糟糕的情况是，你说要回家去拿手机。为了避免这个情况，兰兰在常世酒店的餐厅才会提出午餐钱由她付。"

"原来如此。"

阿素好像已经心有余力，能坦率地表示感慨了。

"如果我想去拿钱包，可能翻一翻拎包就会发现手机不见了，对吧？"

"兰兰也是尽自己所能做了一番努力的。而且，或许也是凑巧吧，这些招数都奏效了。真的是凑巧啊。也是多亏了阿素在开到休息区之前的这一路都没动手机。"

"这么说，桃香的手机是姨妈负责藏起来的？"

"聪明。我这边是在出发前完成的。我让小桃帮忙把食材装进小货车，趁那个时候藏的。"

"这算是团队合作了吧。不过，不是我要挑毛病，时广舅舅的秘密小屋里有座机。严格来说，这样也不算是完全与外界断联的状况。"

"确实是。只不过，那部座机可以接到外来的电话，阿素你们却很难打出去。说到原因嘛，你想想，你们的身体已经习惯于单凭点击通讯录里的号码就能拨号的操作方式了。比如说，你记得我的手机号码吗？能在座机上不出错地摁下那些数字吗？"

"被您这么一说，我没有这份信心。要想我这边主动去拨打谁的手机，也确实没辙。不过正广打电话来说发生紧急情况，没法来接我们，留下了通话记录，那我就可以回拨给正广的手机了呀。"

见我摇了摇头，阿素张开双手，蒙住了整张脸。

"对哦，行不通。就算是我或者桃香从秘密小屋打电话给正广，他只要无视就行了。"

"正是如此。不过，实际上的星期六，正广没带任何人去秘密小屋。这也难怪，毕竟阿素没来别墅参加派对嘛。"

"把桃香一个人带去秘密小屋，也没什么意义。"

"就是这么个说法。所以，星期六的派对顺顺利利、平安无事地结束了，没发生什么案件。这么一想就非常清楚，正因为阿素取消了别墅之行，那场杀戮惨剧才没发生。"

阿素点点头，脑袋一歪有些纳闷，然后又再点点头。

"反过来说，那简直是……"

"嗯。"

"听起来简直就是，因为我和桃香被丢在那个秘密小屋，才会引发预知梦后半部分的惨剧……"

"没错，我觉得就是那个状况诱发了惨剧。因为，在实际上的星期六那天，小桃并不知道时广的谎言。"

阿素一脸可疑的神情，好像一时半会儿没能理解我想表达的意思。

"我并不是要推翻前言。相反的，预知梦里的小桃是知道的，知道时广要演的那场戏。"

"这是为什么……不是，这究竟是怎么一回事？"

"帮忙演戏的那些人当中，有人事先偷偷向小桃透露了吧，包括秘密小屋其实离别墅没那么远这件事。"

"离别墅没那么远？"

"你说开车开了半个小时以上，那是因为正广故意选了复杂的路线，绕了一段远路。那个秘密小屋和别墅的距离，大概也就五分钟的脚程。"

"不会吧？"

"从别墅那里望得见秘密小屋的房子哦，只不过只有东侧一边和北侧靠东这边的位置能看到。这样说你总能明白了吧？"

"呃，这……我能明白什么？"

"时广说我们可以随意选择留宿的房间，而兰兰选了北侧靠东那个房间的原因。"

"啊，原来如此。她是怕我搞错进了北侧靠东的房间，抢先占了那里。"

"就是这个理。"

"东侧的房间是时广舅舅专用的，没得选。那只要占了北侧靠东那一间就够了。"

说到这里，阿素发出一声低吟："对、对了，当时有个貌似欧美小姑娘的人，在秘密小屋的露台隔着玻璃窗窥探室内，那人真的是米兰啊。"

"估计她很好奇你和小桃两个人被单独留下后会是什么状况吧，所以做了点变装，摘掉假发、换掉大码服装后过去瞧了一眼。"

阿素死死地盯着手上把玩的玻璃杯。

"也不知在天黑之前，我和桃香在秘密小屋聊了些什么……"

"这个情况已经不可能发生了，聊的内容也成了永远的秘密。不过，放飞一下想象，你们难免会聊一些越线的话题吧。"

"为什么会有这种想法……"

"你想想那个预知梦的后半部分。你为了找小桃去北侧靠西的房间敲门，但不见应答，对吧？当时你还跟我说，'我实在是搞不明白，今后我该怎么做才好，关于桃香，还有我自己'。"

"但这件事也不了了之了……看来桃香跟我真是错开得离谱。"

"哪里是错开，我倒觉得你们是心有灵犀呢。"我耸耸肩说道，"不过这一点也没办法去确认了。"

不对，若说旁证，或许是有的。我突然想到了一件事。

在预知梦里，为了和正广一起找金栗小姐，阿素曾来到小桃的房间门前。敲门之后，门开到一半他就收手了，转而向正广打听我的房间在哪儿——其实他本该知道的，连问都无须问。

按我的解释，这代表阿素对于踏入小桃私人领域的行为有所犹豫，但看来是我想错了，甚至是想反了。

正因为在那时，阿素和小桃已经越过了那条线，所以在一旁正广看着的情况下，他会犹豫自己该不该在敲门之后得不到回应就直接推门，像是不愿别人察觉他们的关系变得亲密了。

"预知梦的后半段是从我在别墅一楼寻找桃香的场景开始的。那应该是在桃香离开秘密小屋往别墅走之后，我徒步偷偷跟在她身后吧。"

"这部分的内容也只能靠发散思维去想象了。我觉得，你们应该在秘密小屋的卧室里睡了一觉。两个人一起。"

"这就是您说的……跨越了那条线吗？"

"大概吧。小桃在晚上十点之前就醒了，但她没叫醒你，悄悄下了床，徒步走回了别墅。"

"而我察觉桃香离开，就偷偷跟在她后面追过来了。"

"不到五分钟，她就走到了别墅的后门，那时的你应该很吃惊吧。可能不只是吃惊。在你看到小桃熟练地用对讲门铃呼叫时广，让他打开了自动门锁这一幕，或许就震惊了。"

"那么，跟在她身后的我，是怎么进入别墅的呢？"

"我有两个想法。一个是，小桃从后门进去之后，没等门完全关上，你就迅速地从那门缝里蹿过去。"

"要是我这么做，任桃香再怎么后知后觉，也会发现我跟在她身后吧。"

"也就一半的概率吧。另一个可能性是，阿素模仿小桃，也用对讲门铃呼叫了时广，让他给你开了门锁。"

"但是我只知道餐厅有对讲门铃的控制面板，并不知道时广舅舅的房间里也有啊。"

"因为你认定，让小桃进屋的那个人此刻就在餐厅里。但是你按了门铃之后却没人来应门。你很困惑，就试着按了各个面板，结果碰巧打通了时广房间的那个。在这当下，阿素依然以为时广就在餐厅里吧，但是你进屋之后发现餐厅和会客厅里都没人，觉得很奇怪。"

"鉴于我进去之后没看到先进屋的桃香这个事实，感觉第二个说法的可能性更高一些。因为乱按面板耽误了时间，我慢了几拍才进屋,在空无一人的一楼会客厅里摸不着头脑,到处瞎晃。这时,正广从二楼下来了。"

"正广迎头撞见本该待在秘密小屋里的你,想必很吃惊吧。从那句'你在这里做什么呢'就能看出他有多困惑。"

"我自己也有很多问题想问。去那个秘密小屋,步行都用不了五分钟,为什么要让我误以为那地方得开车三十分钟以上?我当时很想质问一下正广这么做的意图,但因为他忙着找金栗小姐,就被他搪塞过去了。"

"阿素跟丢的小桃,被当时身处东侧卫生间的我看到了,她直接去了二楼时广的房间。会不会是小桃用对讲门铃让时广打开后门时,就说了一会儿要去他房里叨扰一下。"

"这么晚了,她还去时广舅舅房里做什么呢?还特地从秘密小屋那边脱身,虽说只有五分钟的脚程。"

"这里我们只能再次发挥想象力了,搞不好是来跟时广道谢的吧。"

"道谢?"

"大概是去跟时广说,'多亏了时广舅公帮忙安排了这场戏,让我心情很愉悦',之类的?"

"说什么心情愉悦的……"

大概是各种情绪一下子都涌上来,精神上实在处理不过来吧,阿素反而变得面无表情。

"意思是,跨越那条线的事……让她愉悦吗?"

"当然,也有可能是恰恰相反的情况。她可能会恶狠狠地对时广说,'你这是多管闲事,以后请不要再瞎操心了'。"

"事到如今,我们也无从得知她去说了些什么。"

"我倒认为应该是前者。就算不是去道谢,至少也会是一场态度友好的面谈。"

"为什么您会这么认为？"

"因为正广的那句话。"

"啊？呃，这件事，跟那家伙又有什么关系？"

"你跟在小桃后面进了屋，在一楼四处徘徊的时候遇到了正广，他那时不是说了这么一句吗，'素央，感觉你今晚……挺像个男人'。"

"那句话怎么了？"

"他还说你显得比平时更美艳，又像是一身清爽的女人。为什么他会觉得你给人的印象是如此相悖呢，我想连正广自己也搞不明白吧，但他一定是从你身上感受到某种气息了。"

"什么气息？"

"幸福的气息。你和小桃单独在秘密小屋的时候，肯定度过了一段美好的时光吧。"

"呃，就算是这样……"

"如果真是这样，小桃就不会特地跑过来找时广埋怨讥讽，做出像是发酒疯的行为。嗐，这就跟'只要起风卖桶的就能挣钱'①的歪理一样。"

"虽说这件事已经不会发生，但我还是想相信，桃香去找时广舅舅的时候是态度友善的。"

"话题有点扯远了，我们聊回正题吧。离开时广的房间后，小桃这回又去了兰兰的房间。这个原因你现在也知道了吧。"

"她是想阴阳怪气一句吧，说'你们的计谋都被我看穿了'。

---

①日本谚语，风刮起沙子会让人迷眼睛从而致盲，盲人要弹三味线就得用猫皮制作乐器，猫变少了会导致更多老鼠啃木桶，因此做木桶的人就生意兴旺了，原意是指某个行为或现象会在意想不到的地方产生意想不到的影响。

还说要去看看窗外的景色,然后挖苦一句,'刚刚我们待着的秘密小屋,从这里就能看到呢'。"

"没错。那么,接下来终于可以谈到这个案件的核心了。"

我认为自己的声音和音调应该没有多大变化,但阿素略显紧张地瞪大了眼睛。

"在小桃待在兰兰房里期间,有人去了时广的房间。那个人就是杀害时广的凶手。"

大概是因为我毫不犹疑地这么断言,阿素被吓得身子微微后仰。

"那个人为什么要在小桃离开之后立刻进入大哥的房间呢?我想他的意图,就是为了让小桃背上杀害时广的罪名吧。"

"让桃香背锅……这怎么让她背……啊!"

我点点头。

"凶手先确认小桃进了时广的房间,然后潜进了她的房间,偷出她那本黑蓝方格的手账本。杀害时广之后,就把手账放在遗体旁边,假装那是凶手留下的东西。"

"等一下。把时广舅舅那出戏事先透露给桃香的,就是……那个凶手吗?"

我使出此前没有的力道,重重地点头。

"除了他,别无他人。"

"桃香知道这件事的内幕之后,一定会冲到时广舅舅房里去的……您觉得凶手本来是这么预想的吗?"

"有一半的概率吧。虽然我刚刚说得那么肯定,但是阿素,你不觉得这个说法很奇怪吗?"

"哪个说法?"

"就是,凶手先确认小桃进了时广的房间,然后潜进了她的房间。我刚刚是这么说的。"

"对啊，所以？"

"而且，凶手偷出了小桃的手账本。不过，你仔细想想这句话。如果小桃给自己的房门上了锁，事情会变得如何？"

"凶手……凶手事先推测桃香的房门没锁。这，也不太可能啊。"

"没错，这是不可能的。"

"那么，如果桃香把自己房间的门锁了，凶手打算怎么做呢？"

"什么都不做。"

"啥？"

"他不会做任何无用功的，而是会躲进自己的房间。他会放弃趁这次留宿别墅期间杀掉时广的计划，改为等待下一次机会。仅此而已。"

"我不是很明白。凶手到底想做什么？"

"凶手想着总有一天要杀掉时广，但也不是随便哪一天动手都行。他必须物色一个人来替自己顶罪。也就是说，他必须让小桃来背这个黑锅。"

"为什么非得是桃香……啊！"阿素整张脸痛苦地扭曲起来，"难道是……"

"她母亲果绪会死于轰木克巳之手，其中一个原因就是时广不小心泄露了果绪的个人信息。小桃因此痛恨舅公，这个说法不会显得那么不合理。至少，在时广遭到杀害后，众人的质疑会最先转向小桃。凶手应该就是抱着这种期望吧。"

"即便如此，他怎么能预测小桃离开秘密小屋后，一定会去时广舅舅的房间呢？"

"他当然没法预测。就算可以,他也不知道小桃几点几分会来。正如我刚才所说,凶手无法事先知道小桃的房间有没有上锁。"

"既然无法预测,那他就没法伺机而动,让桃香来替他顶罪了……是这个道理吧?"

"你试着从全局来考虑,这是某种可能性,也就是说,一种具备或然性的犯罪。"

"或然性?"

"从凶手的角度来看,他很期待小桃在得知时广要演一场戏的计划之后,或许能有一些感性上的反应。所以他偷偷给小桃泄密,设下了一种陷阱。不过与此同时,凶手并不是一定非得星期六在别墅里杀了时广。"

我看到阿素的眼睛里浮现出某种莫名的畏惧神色。

"凶手试着抛出诱饵,只要目标咬上来,他就能采取行动。但如果对方不咬,他就什么都不做,等待其他机会再抛出另一个诱饵。就是这么回事而已。"

"原来如此,所以您才会说是或然性犯罪。"

"但是,凶手真的是碰巧看到小桃进入时广的房间吗?"

"他不知道桃香几点才从秘密小屋回到别墅,不可能一直守着吧?"

"凶手大概为自己的走运高兴得忘乎所以了吧。有了这千载难逢的机会,他便能偷偷潜入小桃的房间。而对于凶手来说的另一个幸运是,小桃的房间没有上锁。"

"凶手从一开始就打算拿走桃香的手账本吗?"

"毕竟他计划在杀害时广的案发现场留下一个凶手遗落的物品,只要那东西是属于小桃的,不论什么都可以。而第三重幸运是，他拿到了小桃那本平日用于在店里做下单记录的手账，这可是再合适不过的物品了。"

"那本手账很有特点。有很多客人都知道那是桃香一直在用的东西。"

"凶手拿走手账，趁小桃去兰兰房里时，闯入了时广的房间并将他杀害。凶手用某个东西击打他的头部，使其失去抵抗能力，再用房里窗帘的流苏绑带勒紧他的脖子。"

"说起来，姨妈，我有一个好奇的点，发生在二楼的案件，大家都是被勒死的吧。时广舅舅、桃香，还有金粟小姐。凶器都用的是窗帘流苏绑带，估计是各个案发现场的房间里本来就有的东西。"

"嗯嗯，大概是了。"

"而当舞台转到楼下时，凶器突然就变成了菜刀。听姨妈刚刚说的，兰兰似乎也是被人用流苏绑带勒死的，我和正广则是被菜刀捅刺，姨妈当时也很危险。但我总觉得有点不对劲，或者说，我怀疑，这些事真的是同一个凶手做的吗……"

"这当中的不协调也是有原因的，不过这些我待会儿再解释。凶手原本打算杀了时广之后立刻离开现场，佯装什么都不知道。只要他能够顺利回到自己房间，那被害人本该就只有时广一个。"

"您是说，凶手的目标原本只有时广舅舅一个？可是，为什么演变成那样一场大杀戮的惨剧呢？"

"此前一路幸运相随的凶手，最大的一个失算就是在他离开时广房间时，碰巧撞见了从兰兰房间出来的小桃。"

"原来是这样……如果凶手什么事都不做，过会儿大家发现时广舅舅的遗体时，根据桃香的证言，他就会第一个遭到怀疑。"

"凶手很着急，他必须封住小桃的嘴巴，于是用花言巧语把她骗进了阿素的房间里。"

"用了什么借口？"

"抱歉，这个我完全想象不出来。不过凶手估计是想着只要有机会，就把杀害小桃的罪名推到你身上。"

"哦……所以才要想办法把桃香带到我房间去。"

"正如我们刚刚讨论过的，你和小桃之间的关系，有一种不好明说的扭曲，这一点大家都是知晓的。"

阿素内心或许变得复杂，但至少脸上没有任何表露。

"您的意思是……我很有可能顺着某种情感上的迷失，因而把桃香杀了？"

"嗯嗯。这种无聊的情感纠纷结局，就是凶手想展现的情节吧。"

"我终于明白了，为什么会是米兰去我的房间里发现桃香的遗体。因为在那之前，我去过米兰的房间找桃香。"

"小桃本来应该留在秘密小屋却回来了，阿素也紧跟着来到她的房间，这在兰兰看来，她会以为那场戏没等到天亮就演完了。"

"即便不是米兰，别人也会这么认为的。"

"既然如此，那就没必要再藏着阿素的手机了。兰兰透过门缝往外看的时候，阿素应该是下了一楼，与正在餐厅里独酌的我会合了。"

"她是想趁这个时候，偷偷把手机放回我房间里吧？"

"如果房间上锁了，她会等到天亮再行动。但是房门没有锁上，潜入阿素房间的兰兰，在那里发现了小桃的遗体，发出了那声尖叫。在惊慌失措地冲出房间之前，她把阿素的手机掉落在现场了。"

"原来那真的是我的手机，并不是我的错觉啊。"

"有错觉的是凶手。"

"咦？"

"与其说是错觉，倒不如说是误会。"

"他误会了什么？"

"正如我刚刚说的，凶手为什么要特地把小桃引诱到你房间再杀害呢？因为他想的是，只要有机会，就将这个罪名推到你身上。也就是说，他希望小桃的遗体是被你发现的。凶手原本是这么预想的。"

"这个想法倒是合理。"

"如果事情如凶手所料，即小桃的遗体是被阿素发现的，那么这场犯罪应该会在这里打住。"

"原来如此，您说得没错。凶手原本的目标只有时广舅舅一人，杀害桃香是为了封口，那完全是在他计划之外的行动。"

"然而事与愿违，犯罪之后仍在持续。那是因为凶手产生了某种误会。"

"那个误会的原因……难道是，发现桃香遗体的人不是我，而是米兰？"

"没错。凶手在想，为什么兰兰会特地跑去阿素的房间？可能是有什么要事吧，但搞不好，兰兰从某个位置看到了他把小桃骗进阿素房间的那一幕……"

"凶手误会了这一点。如果被米兰看到了，她的证词就会暴露凶手的罪行。"

"虽然没那么确定，但凶手不想冒任何风险。既然走到这一步了，只能将兰兰也灭口了。这算是破罐子破摔吧，抑或想着一不做二不休。"

我把手中的玻璃酒杯放回桌面的杯垫上。持续的对话让我喉咙干渴,不过也确实喝得有点多。

"凶手应该是急了。梦里的我完全没留意,不过刚刚和你核对了预知梦的内容之后,我一下子想通了。"

"欸,想通了什么?"

"梦里出现过一个场景,相当于那个人,在那个阶段,当着我们的面坦白了自己就是凶手。"

"是、是怎样的场景?您说的那个阶段,我也是在场的吗?"

"当然。你也是亲耳、清清楚楚地听到了那个人的那句话。若非凶手,绝对不可能说出那句话。"

"若非凶手,绝对不可能说的话……也就是说,那个人脱口说出了只有凶手才知道的事情?是这个意思吗,姨妈?"

我点点头,喝了一口威士忌苏打。最后还是喝了啊。

"那是在发现桃香遗体之前,还是之后呢?"

"之后。而且是在正广准备回自己房间拿手机报警的前一秒。好了,话都说到这份上了,你该明白了吧。没什么,我也是刚刚才察觉的,不好摆什么谱啊。"

"正广要去报警的前一秒……"

阿素深思了一会儿,才突然扬起头,说道:"是……金栗小姐?"

我点点头。

当时,金栗小姐对正广催促了一句("总之,必须报警")。

正广反驳道("为什么要我去报警?我又没看到案发现场"),于是她又回复:("总得有人跟对方说清楚地址和路该怎么走,不然报警就没意义了。")

"确实……让正广去报警这件事本身就有些不合理。可是这本来……"

"没错。这本来该是别墅的主人，时广的职责。先不说报警不报警的，在发现小桃遗体的当下，就该立刻去东侧房间敲门叫醒时广的。这种道理，连外人也该懂。更别说金栗小姐了，她可是即将成为时广儿媳妇的人啊。但是那个时候，她嘴里连时广的'sh'都没提及。很不可思议吧？这简直就像……"

"简直就像，金栗小姐已经知道时广舅舅早就死了。"

"正是。毕竟在她说出那句话之后，作为第一目击者的我去了东侧房间，发现了大哥的遗体。"

在我重新调制两人份的威士忌苏打期间，尴尬的沉默降临了。

"凶手是……金栗小姐吗？"

"很可惜，是她。"

"动机是什么呢？"

"动机很典型，应该就是为了财产吧。虽说是未婚妻，但其实她和正广已经做了结婚登记，而她的计划就是，让这个事实在此时此刻发挥重要作用。"

"时广舅舅的财产总有一天会属于正广，而正广的财产早晚会属于她，是这个意思吗？"

"我还有一个连我自己都厌恶的想法——她可能打算未来某一天也对正广下手。"

"当时大家打算一起去一楼避难，而正广跑进自己房间的时候，金栗小姐其实并没有死……对吗？"

"她是假装自己也被勒死了而已。"

"真是胆大妄为啊。她就不怕进房的人不只有正广和姨妈，其他人也跟着一起进去，很有可能被谁发现她还活着啊。"

"所以她才会是半裸的模样，露出下半身和乳房。目的就是让正广以外的人不敢接触她的身体做检查。"

"原来是这么回事。"

"再加上正广流着泪恳求'拜托了别看她',就更完美了。这样她就不用担心会穿帮。"

"正广怎么会那么容易就被骗呢?他没发现金栗小姐还活着吗?"

"他当然知道的。"

"欸?!"

"正广非常清楚,金栗小姐其实没有遇害,只是装成尸体的模样。不仅知道,还协助她演了这场戏。"

"为什么……正广为何要帮忙演那场戏?我实在不觉得,他知道女朋友就是杀害时广舅舅和桃香的凶手还这么做……"

"正广应该并不知道父亲被杀了,也深信小桃被某人杀害这种事是假的。"

"是假的?怎、怎么会是假的呢?那家伙,怎么会这么离谱……"

"当然是因为金栗小姐这么唆使的,对他花言巧语。"

"虽说他跟时广舅舅一样是个老好人,但也不至于那么好骗吧?"

"她肯定巧舌如簧说了一通。说什么……'桃香没有遇害,这是她和素央先生主导的,让大家合伙来演一场诓骗我和小正正的戏码……'"

"而正广就完全听信了这番话?这怎么可能,他这人再怎么……"

"正是因为这些谎话具备含一定可靠性的基础,才使得金栗小姐得到了侧面的辅助。"

"具备了含有可靠性的基础？"

"你想想，正广和金栗小姐先前做了些什么？"

"啊，对呀。正广本身也在助演时广舅舅主导的那场戏，帮着戏耍我和桃香……"

"说到底，对于心中有愧的正广来说，'小桃和阿素想为自己被戏耍一事小小报复一下'……这样的解释足以让他觉得很有说服力了吧。"

"搞不好正广真的认为，我和桃香就是为了报复，才会不等天亮就特地从秘密小屋折回别墅呢。"

"差不多是这个意思了。只要让正广深信这个说法，剩下的一切就能如金栗小姐所愿了。她可以说，'桃香和素央先生等不及天亮就赶回别墅，想必是准备了什么精彩的剧本吧。这种时候小正正就别动不动吐槽了，顺着他们这个天真的想法演下去，这才叫成年人的应对'。"

"然后，金栗小姐自己主动承担了尸体的角色？"

"金栗小姐可能跟正广提议过，'也不能光是配合他们的剧本，我们也稍微加点反击的戏码吧。干脆我也假装遇害，暂时退场，小正正就演一个失去女朋友之后唉声叹气的男人，然后暗自享受一下素央先生他们的反应，好吗'。而这些说辞，正广都完完全全相信了。"

"假设这些都是真的，正广那家伙演技也太好了吧。我不是在讽刺，感觉他可以去当演员了。"

"正广之所以会完全听信金栗小姐这番离谱的谎言，还有一个重要原因。阿素，你非常抗拒让他去看小桃的遗体——不管怎么说，这才是最主要的原因。"

"哦哦……原来是这样。"

"同时,正广那逼真的演技也承担了一个职责。阿素说什么也不肯让小桃的遗体暴露于人前,那么你应该能深刻理解正广不想让大家看到金栗小姐的遗体的那种心情。他都那样哭着拒绝了,谁还会强行去检查他女朋友的身体呢?不仅是阿素,任谁都不想那样做。"

"说得也是。"

"就这样,正广上了金栗小姐的当,把我们都骗了。这么说有点狠,但他实在有点忘形了。直到最后,正广依然深信小桃还活着,就偷偷躲在二楼的某个房间屏息等待着呢。"

"那么,正广说已经报过警,这件事也是……"

"肯定也是说谎了。这个人根本就不相信发生了凶杀案,怎么可能叫来警察呢?当然,他肯定认为时广还活着,也在配合着我们演戏。也就是说,于正广而言,他认为父亲和姨妈都是对方团队里的一员,都参与了这个游戏。这个对战构图让正广忘乎所以。包括父亲在内的所有人都合起伙来耍他,在这种情况下,他的伙伴只有金栗小姐,与她的同伴意识就此变得强烈。这种高涨的情绪,或许就是他那逼真演技的源头了。"

"然后,他就以等警察来的名头,让我们四人都留在一楼抱团行动。然而真正等待救援的只有我们三人,正广知道警察是不会来的。"

"当然。"

"如果那些场景都是演的,正广打算最后以什么方式来收场呢?整张包袱布都完全摊开之后[①],他又打算怎么重新叠好包裹起来呢?"

---

① 日本谚语,意为牛皮吹破了。

"这个嘛,你想想之后发生的事,会一目了然的。"

"之后发生的事……有个拿着菜刀的袭击者突然从某个地方冒出来,捅了正广……欸,慢着,姨妈,您该不会想说……那个黑衣人袭击正广,搞出那么大的出血量,难道那也是在演戏?"

"不。那是货真价实的。最震惊的人应该是正广吧,毕竟他本来以为只是在演一场堪比恐怖电影的连环杀人剧而已,没想到自己真的被捅了,而且是被自己所信任的合作者背叛了。"

"合作者……就是说,那个一身黑衣的袭击者是金栗小姐?"

"当然了。"

"有没有可能是其他人?"

"可能性为零。我认为,假死的金栗小姐趁着和正广躲在房间的空当,对他下了各种指示,比如说,教他接下来要怎么演,也就是所谓表演计划。"

"当时有那么充裕的时间吗?"

"充其量就是简单的计划罢了。金栗小姐对正广下了这样的指示,'一会儿你们一定要四个人一起去检查一楼的门窗有没有关好,然后我从你们看不到的地方偷偷下楼,躲在一楼的女厕里。至少厨房入口那边,小正正要装作给门上锁的样子,事先把门锁打开'。差不多就是这些吧。"

"就这些?"

"没错,这些就足够让正广知道金栗小姐在计划什么了。"

"呃,趁着我们在一楼抱团行动的时候,金栗小姐从我们的视野死角下了楼,躲到一楼的女厕里,再从窗户钻到外面去。然后绕到宅子后面,从厨房入口进来……"

"她所谓的计划就是,打算让我们狠狠地吓一跳。"

"也就是说,原本我们都深信不疑金栗小姐已经死在二楼,结果她突然出现在众人面前……"

"大概还要说一句,'哈哈,我还活着,吓一跳了吧?这是整人节目啦'。至少,正广是想让大家这么哄堂大笑一下的,用这种方式把摊开的包袱布重新裹起来吧。"

"正广可能做梦也想不到,自己真的会被杀死。而且……杀他的不是别人,是金栗小姐。"

"让正广事先打开厨房入口的门锁,除了要保障入侵路线畅通,还有另一层意义。"

"为了拿到菜刀做凶器……对吧?"

"阿素想问的密室问题,真相就是如此。金栗小姐有正广这么一个内部帮凶。想通了这一点,就不觉得神秘了。"

阿素脸上突然浮现带有几分自嘲的笑容。

"怎么了?"

"心情有点复杂。姨妈和我一直'金栗小姐''金栗小姐'地称呼这个凶手。明明在讨论一个残忍的连环杀手,现在却还用'小姐'来称呼她。"

"因为这起本该发生的案件,最终并没有发生。至少我自己是抗拒突然直呼'金栗惠麻'其名的,虽然抗拒的情绪只有一点点。"

"金栗小姐之所以连正广也要杀,是想着反正将来也要对他动手,不如趁这个机会顺便杀了吗?"

"这种想法也不能说没有吧。当时的金栗小姐,应该一心想着赶紧把可能目击小桃遇害的兰兰给灭口了才是。"

"总而言之,她是趁我们不注意,躲进了一楼的女厕。但是……"

"没错,她没法预测兰兰会不会进入厕所,就算会,也不知道兰兰什么时候才进去。再说了，去解手的人有可能不是兰兰，而是我啊。"

"当时她是不是打算也把姨妈杀死呢？"

"谁知道呢。或者，她脑子里还有一个选项，若来的人不是兰兰，就藏身在单间里不出来。但是在杀了兰兰之后，她或许钻了牛角尖，认为必须把留宿在别墅里的所有客人都杀掉才行。"

"为达目的，在夺取别人性命这条道上一心走到底了啊……"

"或许是这样吧，不过笼统地说，是她觉得整件事变得麻烦了。"

"什么，这可是杀人案啊，怎么能说是麻烦……"

"因为，这场小桃遇害剧是阿素主导的——这种拙劣的谎话迟早会瞒不住正广，一定会的。"

"是啊，毕竟时广舅舅是真的被人杀了。总是瞒不住的。"

"一切真相早晚都会揭晓。到那时，金栗小姐究竟会给正广讲述一个怎样的故事，才能既确保自己的无罪，又保证故事的完整性？"

"就这么随便想想，都觉得是个不小的难题。我想不出什么好办法。"

"那么，从金栗小姐的立场来看，干脆把剩下的人都杀掉，然后跟警察说，有个神秘狂徒半夜闯进别墅，所有事情都是那人做的——这种做法显得更简单麻利。"

"假装自己是唯一的幸存者……原来如此，所谓事情变得麻烦，是这个意思啊。"

"正如你刚才所说，二楼的行凶手法都是勒人脖子，舞台转移到一楼后却基本上都是用菜刀行凶。案发现场呈现出两种完全不一样的情况，这一点看着是很不对劲，好像不是同一个人犯案，而这就是原因了。计划之外的杀人行为一发不可收拾，且作案手法也越发激烈了。"

阿素饮尽了威士忌苏打，发出一声充满忧虑的叹息："因为我取消了别墅之行，结果没有发生惨剧，没有一个人被杀。"

"只要阿素不来别墅，时广那个需要动用秘密小屋的计划就没法实施。而事先将时广的谋划透露给小桃的金栗小姐，也只能接受计划失效的现实，继而变更自己的行动。因此，预知梦中的那场惨剧没有发生。"

"金栗小姐决定不跟桃香透露任何跟秘密小屋有关的情况。实际上的星期六那天，桃香一直深信时广舅舅会把未婚妻猪狩小姐介绍给大家认识，直到时广舅舅找借口说婚约取消。"

"既然没有发生桃香和阿素在秘密小屋独处的特殊情况，于金栗小姐而言，自己酝酿多时的或然性犯罪计划便不会有多大优势，所以她没将时广主导的计划内情告知小桃。从结果来看，那场惨剧没有发生，究其原因，还得多亏阿素找了借口，说果绪的责编突然联系你赶紧去东京，就此逃过一劫了。"

"Probability，或然性犯罪啊。让我自己稍微整理一下思路。"

"请便。"

"呃，金栗小姐的动机十有八九是为了财产，平日里她就一直虎视眈眈，想着怎么杀死时广舅舅，并把罪名推给桃香。这就是这起本该发生却不了了之的案件的全貌了，对吧？"

"没错。"

"金栗小姐看到桃香进入时广舅舅的房间……是碰巧吗？"

"当然。对她来说，这是一个幸运的偶然。"

"然后她就灵机一动，决定去杀害时广舅舅。这想法未免太武断了吧。"

"或许是她的性格有问题。"

"当然了,如果当时桃香的房门是上了锁的,这个计划也只能到这里就中断了。"

"她的幸运也就到此为止而已。杀害时广之后,她意外撞见了从兰兰房里出来的小桃,所以不得不去灭口。接着,她又担忧这件事可能被兰兰目击,于是再次行凶,形成了恶性循环。从某种意义上来说,她陷入了一种喜剧性的悲剧螺旋。"

"您刚才说的'一切谜题都是联动的、追尾式的',当中的意思我已经明白了。但是……"

"看来你心里还是不明朗啊。有什么疑问就直说吧。"

"总觉得巧合太多了。呃,我不是在说姨妈的推理有偏差,倒不如说,人生大都是由这种连锁巧合组成的。只不过,有一点我很在意:除了金栗小姐,是不是还有其他人可能是凶手呢?"

"为什么你会这么觉得?啊,是这样啊。原来如此。有个黑色人影透过一楼的观景窗往屋里窥视,你一直很在意这件事,对吧?"

"是啊。那个黑影,到最后也没说到底是谁。从现场状况来看,我不认为是金栗小姐。因为,如果姨妈的说法是对的……"

"确实。在那当下,金栗小姐不可能在房子外头,她应该刚好在二楼客房里对时广和小桃下手。"

"假如,我是说假如,我看到的那个黑影才是凶手,那么这一切也有可能不是金栗小姐……"

"不,这不可能。"

"咦?"

"绝对不可能。因为,这是我亲眼看到的。"

"看到了什么?"

"预知梦后半部分的最后部分。在捅了阿素之后,又朝我攻击的袭击者的脸。"

"真的吗?"

"凶手因为向前扑倒,把菜刀扎进自己腹部,但那张脸,我看得清清楚楚,摘掉墨镜和沾满血的口罩之后看到的。"

"那人是……金栗小姐吗?"

我点点头。

"其实,今晚你听了我说的这些案件真相解析之后,有没有觉得哪里奇怪?与其说是一步步推理出来,更像是有了一定的结论而进行的验证。你没有这种感觉吗?"

"没有,完全没有。啊,不过,听您这么一说……"

我站起身,又去调制了两杯威士忌苏打。

"明白了吧。阿素已经取消了别墅之行,而同样做了预知梦的我在实际上的星期六还敢去常世高原,这就是真正的原因了。"

"也就是说,就算发生案件,凶手依然会是金栗小姐,所以……"

"我是这么想的,只要我盯紧她的动向,是不是就有办法避免这场悲剧呢?"

我把玻璃酒杯抵到唇边,突然有一种不祥的预感。

不妙。我真的喝多了。要是再这么得意忘形地说下去,感觉会犯下无可挽回的错误。

"我不知道在实际上的星期六,派对结束之后会发生什么状况。正如我刚刚说的,因为你没去别墅,正广就没把小桃带去秘密小屋。但是金栗小姐会一直待在正广的房间,也就是小桃房间的隔壁……"

我知道自己喝多了，但还是停不下口，当真是醉得厉害了。话虽如此，越是到喝醉的临界点就越是上头，这是为何呢？

"搞不好，金栗小姐会用不同于预知梦里的手段对小桃下手。虽然现在我们在这里核对了预知梦，知道这不过是杞人忧天，但以防万一，在实际上的那个星期六晚上，我决定和小桃待在同一个房间里。"

"说起来，平海是在哪个房间留宿的？该不会，是我的房间？"

"没错。他住在阿素原本要住的房间。其他人的房间分配就跟预知梦里一样。我姑且把行李放在南侧靠西的房间，不过在晚饭后，我去了小桃的房间，而且一直在那里坐着不走。"

"为了在桃香身边保护她？"

"金栗小姐的目标只有时广，但是在动手时，她必须使些手段把锅甩到小桃身上。所以……"

"所以您认定，只要看好桃香，金栗小姐就无计可施了。"

"小桃可能有些困惑或怀疑吧，毕竟我一直在那里赖着不走，搞不好还让她产生了某些糟糕的误解呢。"

"什么意思？"

"到了她该睡觉的时候，我问她，'今晚我能不能在这里睡，难得有个双人床'。她倒是同意了。可能是因为喝醉了吧，连我自己都没想到会对着小桃发出那种足以让全场降温的撒娇嗓音，有点忘形地脱口而出'我们睡一张床嘛'。"

"桃香应该不会因为这么一点小事就退缩吧。"

"嗯，她不会。她很明白跟喝醉的人是没法讲道理的。小桃就一直说着'好好好，行行行'，可温柔了，然后就跟我一起睡一张床了。"

"您说的可能让她产生糟糕的误解，是指这事儿吗？"

"我没公开'出柜'，不过周围的人，包括小桃可能都有所察觉吧，认为我可能跟大姐一样有同性恋倾向。将近六十年来，我都谨慎行事，以免惹出不必要的误会，但是……星期六那天是不得已而为之。"

我倾斜玻璃酒杯往嘴里倒，但杯子已经空了。

"因为，若是小桃遇到了什么事，我……"

"姨妈。"

若是小桃被什么人杀害——那个人未必是金栗小姐，那么我恐怕无法再保持理智地活下去。因为——

因为，失去了小桃这个无可取代的人，阿素没道理能保持理智。这种我能想到的最糟糕的情况，有谁真能扛得住？更别说心爱的妻子死于非命的阿素。继果绪之后，连女儿小桃都遇到这种事……光是想象我就觉得脑子会发疯。

"怎么了？"

"为什么只有我们会这样……您想过这个问题吗？"

"我们……你是指，我和阿素吗？为什么只有我们……哦，是指预知梦啊。你是想问，为什么只有我们拥有这种特殊的能力吗？"

"时广舅舅又如何呢？他有没有这种特殊能力呢？"

"我没和大哥聊过这种事。说不定他有，但是一直没说罢了。"

"我曾想过……我妈有这种能力吗？"

"年枝？为什么这么想？"

"我在想，她生前是不是有过幻视……幻视过果绪被杀的未来。"

"哦哦……"

年枝……很突然地，我想到了这一点。原来如此。说到底，阿素还是想成为像他母亲那样的人啊，为了果绪。

阿素之所以成为果绪的丈夫，是为了以媒介的身份暗中维系她和年枝的关系。阿素一直贯彻着加在自己身上的立场和职责，却也难以抑制对于有名无实的妻子暗自萌生的情愫。所以他才会进行"自我改造"，试图让自己多少能转变成果绪的性爱对象。

这么解释之后，事情就显得合理了，阿素自称出于兴趣才开始男扮女装，那个时期差不多就是和果绪结婚的时候……这些会不会是我在醉意之中迸发的武断妄想呢？

回过神来，我发现自己的双手正握着阿素的右手。

"所以……所以，年枝她……"

"我妈让我和果绪结婚，是想着让我多少起个保镖的作用。"

"原来如此……"

"不，或许她也有这么一点期待吧。这不过是我的想象罢了。"

"这样啊。可是……"

"如果真是这样，我可真是辜负了我妈的期待。我没能保护果绪。当年案发的时候，我和姨妈能够预知的未来，只有警方来通知果绪被某个人杀害这一幕……在那个阶段，连凶手是什么身份都不知道……"

果绪被害这件事，给阿素内心留下了不小的伤痕。

周围的人——包括我在内，都低估了他的沮丧，大概是基于"假结婚"这个说法吧。就算大家不觉得这段婚姻是假的，但是那十七岁的年龄差，总会让人觉得不合理，甚至是不健全，应该有不少人倾向于这两人的婚姻是无关爱情的。

但是,阿素是深深爱着果绪的。正因为如此——

关于自己与果绪的遗孤小桃之间的关系,才会让他那么望而却步。

"阿素……"

我依然握着阿素的手,并把双手拉向自己心口,然后说道:"听我说,我……我对小桃和你……"

紧接着,眼前一黑。

*

就在这时,我醒了。

我猛地从床上跳起来。

"欸……"

我慌忙看了看四周,这是我熟悉的自家卧室。

"欸,咦?啊?"

我什么时候从店里回到自己家的?

难道是彻夜与阿素核对预知梦的内容,说到醉了就直接睡过去了吗?大概是吧。

估计是一直聊天的缘故吧,我口渴得很,一直咕嘟咕嘟地喝酒,把威士忌苏打当杀亲仇人似的喝下肚。喝过头了啊。

在店里喝多了之后,发生了什么事?我是自己回家的吗,还是阿素送我回来的?

转头一看,发现电视机一直开着,外国黑白影片仍在无声地播放。是英格丽·褒曼主演的《煤气灯下》。我好像是设定了重复播放,就这么看睡着了。

之前单看这片名,我还以为是爱情片来着,但从字幕之类的推断,这应该是一部心理悬疑类的作品。英格丽·褒曼饰演的女主人公不记得自己有偷窃癖和异常的健忘症,总是为忽明忽暗的煤气灯和时有时无的脚步声不胜其烦,直至精神恍惚,濒临疯狂。

说起来,最近好像在哪里看过或者听过"煤气灯效应"这个心理学用语,最早便是起源于《煤气灯下》这部作品……这个词是怎么个说法来着?

醉醺醺的脑子里骨碌骨碌地空转着这个无关紧要的问题。

我在床上支起上半身,恍恍惚惚地发了一会儿呆,接着枕边传来了LINE的免费通话来电铃声。

"……咦?"

是阿素的头像。"喂,呃,说句早上好,合适吧?"

"姨妈,抱歉,吵醒您……我看到了。"

"啊,看到什么?"

"梦啊,我做梦了。"

"不是吧?昨晚我喝多了,完全断片儿了。什么梦都没做,睡得死沉死沉……"

"姨妈,日期。"

"啊?"

"你看看报纸或是别的什么东西,确认一下今天的日期。"

"今天的……"

我无意识地拿起遥控器,把电视频道切换到地面频道[①],现在显示的时刻是下午三点。

平日我在店里做开店准备时会播放综艺节目,而现在正是节

[①]即地面电视信号数字化的频道。

目开始的时候。我摁下音量键，放出声音。

女主持人说出节目名称，以及今天的日期。

"欸?!"

她说……八月十二日?

欸，星期一?

"阿、阿素，怎么回事?八月十二日是……"

在我说话的同时，昨天的记忆逐渐恢复了。

星期一是KUSHIMOTO的公休日。前一天的十一日是星期天，店里打烊之后，我处理完各种杂务就回家就寝了，那时我记得已经是第二天的凌晨四点左右……欸?

咦?就算今天是放假的日子，我怎么就一觉睡了十一个小时?

话虽如此，我似乎也不是一睡不起，感觉中途好几次迷迷糊糊地起来上了卫生间。

"啊……"

对了，我想起来了。

昨晚时广大哥来店里了。

然后我试探了他，询问这个星期六的计划，即八月十七日在大哥的别墅里办宴会派对两对未婚夫妻的事。

他曾跟我说:"为了让素央和桃香去我那秘密小屋独处，你得帮我演场戏。"当时我是拒绝了的，但是……奇怪?这是怎么回事?

这么说，到刚才为止我所看到的一切……严格来说，应该是我和阿素一起看到的吧?

"没错。那都是梦，到刚刚前一刻为止，我们看到的内容，全部都是幻视了从这个星期五到下个星期三会发生的事情。是关于未来的预知梦。"

"未来……从这个星期五,八月十六日,到二十一日为止即将发生的未来?欸,呃,也就是说……那个……我们那次核对也……也都是,梦?"

PARACT 3 回秘

八月十七日，星期六。

地点，时广的别墅一楼；时间，晚上八点四十五分。

"唉，哎呀呀，明明时间还早着呢。"

此刻，时广正坐在露台玻璃门附近的安乐椅上，一副怡然自得的悠闲模样。

"困得不行了。"

"困了就去休息吧。"

"刻子做的每道菜都那么好吃，害我一杯接一杯地喝，一不小心就醉了呀。"

"那可真是，您吃得欢喜就好，兄长大人。"

"尤其是那道烟熏三文鱼，简直极品啊。真的太美味了。"

"那真是太好了呢。"

我整个人有些有气无力，懒懒地瘫倒在沙发上，时不时小口小口地啜饮白兰地。

"以后一定要再做给我尝尝。对了，我希望你店里有这道菜。"

"也不是常常都有的，偶尔倒是会做，作为当天的沙拉。"

"哦，这样啊。好吧好吧，更让人期待了。"

"能让兄长大人如此喜欢，小妹我真是不胜欢喜。要是你跟我说那个盐烤大马哈鱼套餐更好吃，我会高兴到忘乎所以了呢。"

大马哈鱼这个食材，我真是随口补充的，不过事后想想，这东西倒是发挥了引子的功能，钓出了很多新的信息。

"呃？什么套餐？盐烤大马哈鱼？"

"大哥没吃过吗？在常世酒店的餐厅。啊，说起来，你今天没去酒店吧？"

正广开车把小桃和阿素诓骗到秘密小屋，在那期间，时广也没必要老老实实地去常世酒店跑一趟。

毕竟，与猪狩小姐有婚约这件事本来就是假的。他可以找借口说是去接未婚妻，其间随便找一个酒店以外的地方待命也是无妨的。

"酒店？去是去了，但也不知道正广多久之后会给我打电话，就随便在河边的咖啡屋里待了一会儿。哦哦，想起来了，大马哈鱼是那家餐厅的特色菜吧。"

"你没去吃吗？"

"一开始也没打算在那儿吃饭啊。难得晚上可以吃你做的晚宴大餐。"

"难怪了，你一个劲儿地催催催催，说要提前开始派对。"

今天下午三点，在正广按照指令顺利把小桃和阿素安置在秘密小屋那边之后，时广就提出"我们开餐吧"，当时我真是很无奈。

午餐时我和小桃、阿素和兰兰都分别吃了盐烤大马哈鱼套餐，便试着提出抗议道："至少五点再吃吧。"

然而，正广和金栗小姐前一天都熬了夜，今天又睡过头，别说午餐了，连早餐都没吃，他们都支持时广的决定。最终我寡不敌众，只好举了白旗。

派对最终定于下午三点开始，所谓的晚宴大餐也徒有其名。

因此，晚上九点不到，天色刚擦黑不久的时候，我这位大哥就一副吃饱喝足的模样，身体时不时地摇摇晃晃，眼看着就要开始打瞌睡了。

至于正广和金栗小姐，七点刚过不久就开始莫名地不淡定。没等八点，两人就钻进二楼西侧的房间里不出来了。

兰兰没喝酒，但没等到上甜品环节她就吃撑了，留下一句"有点难受，我去躺一会儿"，也躲进自己房间了。

"不管怎么说，我准备的这一堆八人份食材被五个人吃得一干二净，肯定都吃得饱饱的了，无论午饭吃没吃。"

"哈哈哈，那么好吃的料理，可惜素央和桃香一口都尝不到。这么一想，反而觉得对不起他们了呢。"

"不用担心，他们在那边肯定也是吃好喝好的。小桃会大展身手的。"

"是啊，我听说桃香的手艺也不错，那边的房子也按照你的意思，准备了很多食材。过后我再跟素央打听一下，桃香到底给他做了什么好吃的。"

"行行行。"

"话说回来，真的吃撑了呀。最近因为上了年纪，食欲也弱了，感觉好久没吃得这么饱了。果然是吃多了，早知道把她带来就好了。"

"带谁来？"

"白天我去常世酒店的时候，那里真的有一位女士，叫猪狩真须美。就在河边的咖啡屋里。"

这是八月十二日那天的预知梦里完全未触及的新鲜事实，让我又有了兴致。

"嚯，这么说，猪狩小姐并不是虚构的人物喽？"

"你为什么会觉得她是虚构的？她确实存在啊。何止存在，我还请她来过这里呢。"

"欸？"我有点惊讶，"你们的关系这么亲密吗？"

"来是来了，但不是只有猪狩小姐一人，还有她的几位同事也一起来了。她说几位同事想办个生日派对，所以约了在这里一起烤肉。不过最后大家都有事，就没在这里留宿了。"

"嚯嚯。话说大哥啊，怎么就专门选了猪狩小姐这个人，假借了人家的名字呢？"

"因为她看起来是开得起玩笑的那种人。我跟她说，过几天我要以介绍未婚妻的名义办个派对，把亲戚们都约到别墅。为了显得有真实感，能不能借用她的名字和个人资料。宴会当天我会立刻阐明婚约一事是假的。"

还注重真实感呢，他就喜欢在一些奇怪的地方纠结。

"猪狩小姐没问你，为什么要做这种奇奇怪怪的事吗？"

"她问了，还问我是不是在玩什么游戏。"

"那你怎么回答？"

"我说，我有个外甥跟亲戚们交情一般，这次必须想办法确保这家伙会到别墅来。这小子平时对周边的事都漠不关心，不过一旦听说我要再婚，即便是他应该也会被激起好奇心过来瞧一瞧吧。因此想了这个权宜之计。"

"猪狩小姐听了这话，觉得有趣吗？"

"她提了一点，把人都聚在一起，又说婚约是假的，坦白这件事会不会让大家觉得败兴。于是我又说，这场派对还有另一个安排，就是让儿子正广也介绍他的未婚妻。儿子的婚约是真的，所以不必过于担心。"

"然后，猪狩小姐就答应了，同意让你借用她的名字？"

"嗯嗯。我原本只打算借用她的名字，没想到今天会在那里偶遇她本人。还真是太巧了。"

"你没过去跟她打招呼吗？"

"当时猪狩小姐不是一个人，我就作罢了。只是在隔了一段距离的座位，朝她点头致意了一下。"

"她带着男朋友吗，还是跟女性朋友一起？"

"男女都有。一位是男性，一位是女性，三人一桌。"

"两女一男，啊，该不会是古濑先生他们吧？"

"古濑是谁？"

"我店里的熟客。年纪大概有六十多了吧。头发和胡须都白了，戴着一副眼镜。"

"这么一说，那男的好像就是长这个模样。当时还以为是哪位隐居人士和两个女儿一起出门呢。"

"那大概就是古濑先生了。我们在餐厅吃饭的时候也看见了，看来之后他们就转移到咖啡屋了啊。"

"说起来，今天我还真是被正广他们吓到了。"

"什么事？"

"没想到他和惠麻早就登记结婚了。"

"是啊……没想到。"我不由得跳起来，在沙发上重新坐好，"什么？正广他们已经登记的事，大哥也不知情吗？"

"怎么可能知道。要是知道，我才不会跟猪狩小姐说要借用她的名字演一场戏，宣布我们父子俩各自的未婚妻。"

或许是对话中的些许分歧点产生了影响，此前一直不知道的事情也逐渐变得明朗了。

"居然……连父亲也瞒着。正广真是十足的保密主义者啊。"

"他应该也不打算保密的吧。那小子是个急性子,等不及安排婚礼婚宴的事。"

"等一下,正广他们的纳彩,怎么解决的?"

"还没解决呢。那两个年轻人甚至很决然地说,不搞纳彩也行。"

我整个人都惊呆了。

不仅没有正式举办缔结婚约的仪式,连父亲都不告知,只为了尽快完成结婚登记……外甥的这些作为实在不够成熟,对此不甚在意的大哥也极其草率,我为他们感到震惊无语,同时也多了一份确信——

正广之所以跳过那么多顺序和环节,提前把结婚登记的事做了,一定是被金栗小姐催着完成的。

她为什么那么急着要当正广的合法妻子而不是未婚妻呢?应该是为了不管日后什么时候发生了什么事,正广所拥有的权利都可以归属于她吧。

也就是说,在这当下,金栗小姐已经铁了心,一定要执行她那个长期的或然性犯罪计划。

由时广提议的"让有末桃香和有末素央在秘密小屋独处"的计划,小桃已经知道了吧——应该是金栗小姐偷偷透露给她的。

她的意图,就是想引得小桃偷偷跑来跟时广见面。

当然,今晚小桃不一定会按照金栗小姐的计划行动。但也无妨。金栗小姐把赌注压在长期的或然性计划上,这次没戏就等待下次机会。

话虽如此,小桃今晚还是很有可能采取行动的。金栗小姐应该也是如此期待的。

她觉得,这位时广舅公当初向轰木克巳泄露小桃母亲的个人信息，这回又没心没肺地干涉了小桃和素央的个人隐私，以小桃的脾性，肯定会做出一些情绪化的反应……

一切顺利的话，她或许有机会杀掉这位已是自己家翁的男人，并假装是小桃犯下的罪行。

正是因为抱着这样的期待，金栗小姐才会在那个"相安无事的星期六"备好了黑色服装、墨镜和白色口罩，以便万一有侥幸机会，她可以随时隐匿身份采取行动。

"喂，虽然现在问也晚了，其实我有个很纯朴的疑惑……"

时广扬起头，声音里带着与平时不同的懒劲。

"什么疑惑？"

"素央为什么总是那副男扮女装的样子？"

"你可真是，问得挺及时啊。他这爱好都持续十年了。"

"如果说，他自己身为男人，但在恋爱方面他是喜欢男的，所以扮成女人的模样，这样我还比较能理解。"

"这个世界，各方各面都很复杂的。"

"你以为我这双眼睛只是大窟窿吗？素央和桃香是彼此喜欢的吧？"

我朝他耸耸肩，道："你自己去问他们呗？"

"我知道他们的身份立场挺尴尬的，毕竟也要顾及体面，他们可是父女关系啊。可是，既然彼此喜欢，为了让这份念想开花结果，就应该去摸索各种途径才是啊。喂，我说的没错吧？"

"也不能说完全不中肯吧。"

"唔……其实我也知道自己有点多管闲事了……"

"慢着慢着，先不讨论这场闹剧的是非对错，把我们所有人都卷进大哥要管的这件闲事里，事到如今又在这里自怨自艾，你可饶了我吧。"

"我只是想让素央过得幸福嘛。仅此而已啊。否则，我没有脸面去见天上的年枝大姐。"

哼，这个可恶的恋姐狂。

我并不是在怀疑时广对于大姐的思慕之情。但是在此情此景之下，总觉得大哥是为了方便自己才搬出年枝的名义，这让我很难欢喜。

"想让素央过得幸福"——这句话应该也是实实在在的真心话吧。然而这次的闹剧，说到底也是始于时广那种从各层意义来说都能算是偏见的想法：只要跟喜欢的女人待在一块儿，不管是怎样的奇葩男人也能够一次搬回正轨。

希望相亲相爱的情侣有个大团圆结局，这种心情也不能说没有吧，但是时广想要的，充其量只是外甥能以男人的模样迎娶妻子。时广不想看到不符合他那种保守的价值观的"画面"，所以他决定凭实力去纠正这件事。

因此，为小桃和阿素将来的关系着想，我协助了大哥的计划，而这也是我一直耿耿于怀、惴惴不安的原因。

"我说大哥啊，我知道说这话有点口气过大了，不过啊，我们就假设，小桃和阿素真的是爱着彼此的吧，即便如此，让他们发展成男女关系也不一定就会幸福啊。"

我和阿素所做的预知梦囊括了八月十一日到十二日的内容。

而且，如同套娃一般，在那场预知梦里我们又做了一场关于"实际上相安无事的八月十五日"的预知梦。

阿素说，在那场梦中梦里，他从秘密小屋偷偷跟着小桃返回别墅，然后跟丢了人，还遇到了我。

他还说："我实在……搞不明白了。今后我该怎么做才好？"

在秘密小屋独处期间，他们发生了什么事？

长达八个小时的空白间隔,当中的内容只能全凭想象了。不过十有八九,小桃和阿素应该是发生关系了。

且不论他们是经历了什么而发展成那样的结果,于阿素而言,这种行为无异于破坏了这么多年所构建的与小桃之间的关系。

当然,我不会消极地评价这是一种破坏,也可以认为这是为了迈向下一步的重新出发。

虽然不知道小桃是怎么想的,但至少,阿素对于两人的关系发生变化这件事是否持肯定态度,实在不好判断。

着眼于两人之间的关系这一点,或许的确是往前迈了一步,但这一步也是无法撤回的,更没有任何退路。

至少,在阿素的内心,他没有自信去全面且积极地面对这件事。因此那个时候的他,才会露出那种不像他做派的、几乎就要哭出来的表情。

"就是因为两人相爱,才会一直保持父亲与女儿的距离,而不是发展成男女关系。也就是说,他们也有另一种选择。"

"抱歉,不是很懂。老实说,我不懂啊,真的不懂。"

"即便是我,也不是因为足够了解小桃和阿素才会这么说的。只不过,阿素认为,跨越了与小桃之间的那条线会让他失去很重要的事物。如果他有这种担忧,我们就必须尊重他的想法。"

"或许,那就是原因吧?"

"欸?"

"虽然我不是很懂,但如果素央是把小桃视为女性并被她吸引,却又一直克制自己不能陷入那种关系,那么他的女装打扮会不会是一种类似盔甲的东西呢?为了防止自己与桃香之间形成那样的氛围。"

这种可能性,我想了不止一次。

当然，阿素开始男扮女装，应该是出于另一种隐秘的念想：他想让自己变得更加接近果绪的性爱对象。只不过久而久之，他领悟了——那才是能够贴切展现"自我风格"的装扮方式。

也正因如此，在果绪去世之后，他仍然做女装打扮。基本上我是这么认为的，不过被时广这么一说，我又觉得，或许对于现在的阿素来说，这种爱好于自己是有好处的。换句话说，在心爱的妻子去世之后迷恋上亡妻的独生女，这件事让他心生纠葛，男扮女装这个爱好于他而言，或许能发挥一些抑制作用。

个中真伪我难以判明，也可能是过度臆测。不过，我多少对大哥刮目相看了，没想到他也能做出这种程度的分析。

"嗐，说了这么多，反正素央还年轻。先不说他了，我更担心的是你啊，刻子。"

"干吗突然说起我？"

"你都快到花甲了，没老公也没孩子。到了不得不找人照顾的时候，你该怎么办啊？"

"你还不是一样，孤寡老人。"

"至少我有正广啊，将来也会有孙子。一想到晚年生活就觉得，当初还是应该让你结一次婚的。"

大哥这番发言，我倒也不觉得是出于什么政治正确的考量，不过要是对他的每句话都挑刺，未免显得我格局不够大。

"没办法呀，我又不像年枝大姐，没有人会那么热情地追求我。"

"哪有这回事。我以前的那些朋友，有不少家伙都对你有好感的……哦哟，小公主好像醒了。"

我循着时广的视线，看到兰兰正从北侧楼梯下来。

"身体好些了吗？"

听到我的询问,兰兰吐了吐舌头,难为情地笑了。

"肚子不闹腾了,有些惦记刚刚错过的甜品。"

"是嘛,我晓得了。去给你准备。"

我拿着空的白兰地矮脚酒杯站起身,走进了厨房。

"饮料想喝什么?咖啡,还是红茶?啊,喝这些可能会睡不着。"

"哈——两位女士,不好意思,我差不多要撤退了。"

时广一边打着哈欠一边从安乐椅上起身,然后往兰兰下楼的另一侧——南侧的开敞式楼梯走去。

"我感觉醉得厉害,先去睡一觉。"

"晚安,大哥,明早见。"

"不至于,我就睡一小会儿,可能会想吃点消夜。到时还得麻烦你。"

"我说大哥啊,我可不打算半夜起来哦,真是要命。想吃东西的话,就自己随便做点吧。"

"好啦好啦。"

时广的身影消失在二楼东侧的房间。

兰兰坐在开放式厨房的吧台座位上,我往她面前放了一个装着牛轧糖冰糕①的盘子。

"哇啊,看着好好吃哦。不得了,这个真不得了。感觉比我以前在店里吃的那个栗子加马斯卡彭芝士的提拉米苏蛋糕还好吃。麻烦给我一杯意式咖啡。"

我一边拿出小咖啡杯准备,一边问道:"你听了多久?"

"欸……"

---

① 一种法式传统甜品。

"我和时广的对话。"

一度停下的勺子再次启动,兰兰把一块切下来的牛轧糖冰糕送进嘴里。

"大概从……'素央为什么总是那副男扮女装的样子'开始。"

"从时广那句马后炮的提问就开始听了啊。"

"我无心偷听的,只是……"

"不用担心。反正我们聊的也不是什么秘密话题。"

"那请问……那些话,有多少是真的?"

"你指的是哪些话?"

"就是说……素央舅舅之所以男扮女装,是为了和桃香姐姐保持一定距离……"

"好了。"

我把冒着热气的小咖啡杯放到兰兰面前。

"真相如何,我当然是不知道的。不过,如果要问我真实的想法,我觉得,从纯粹的意义上来说,男扮女装是阿素的爱好。只不过……"

我从酒架上拿出一瓶布雷登白葡萄酒。

"你说阿素是不是借着那个爱好,和小桃保持一定距离,我认为他肯定是有这个想法的。"

兰兰有点不知所措,怯生生地把小咖啡杯抵到嘴边。

看她这模样,我有点犹豫要不要把自己的看法告诉她——阿素的女装爱好是源于对果绪的念想。说不定她自己也隐约有这种感觉,但万一她做梦也没想到是这么一回事,反而会招致奇怪的误解——这种事也不是不可能。

不管外表做何种打扮,阿素就只能是阿素。因为果绪爱的是年枝,他再怎么努力都没道理取代他母亲的位置。阿素明知道这一点，还坚持做女装打扮，在兰兰眼里，这样的阿素会不会显得愚蠢至极且空虚徒劳呢？

但话又说回来，我担心的并不是兰兰可能会对阿素感到幻灭，倒不如说，是恰恰相反。

如果兰兰知道，阿素其实是靠着男扮女装这个行为，沉溺于那种绝对不会得到回应的爱意……那她会不会对往生的果绪产生抵触之心，同时又对阿素燃起更旺的倾慕之情呢？

我觉得这绝对不是我个人的思虑过度。青春期的心理是相当复杂的。至今为止，兰兰不曾放飞过自己对于阿素的念想，一直维持着比较随和的态度，其中一个原因是她一直深信自己的情敌只有小桃一人。

这可不是轻视小桃的意思，只不过兰兰认可她是站在同一赛场上的对手。然而，若对手是果绪这位往生者，兰兰就无计可施了，而且反倒会煽动无为的对抗心理。我所担心的，就是这种反向的心理活动。

"刻子奶奶这次为什么愿意帮忙演这场戏呢？"

"这个问题，我还想问问你呢。时广策划的这场闹剧，你为什么愿意帮忙？从兰兰的立场来看，你希望小桃和阿素怎么做？"

兰兰没有立刻回答，而是默默地把小咖啡杯往嘴边送。

"阿素男扮女装，搞不好，和兰兰穿盔甲是同样的原因。"

"欸？"

"阿素做女装打扮，是为了和小桃保持距离。而你，明明没有必要，却一直戴着和人偶一样又长又重的假发，还执着于穿超大码服装，我觉得你们的理由是相同的。"

兰兰用几乎是带着敌意又有些茫然的眼神凝视着我。

"看样子，你很想问我是怎么知道的？不过，现在知情的可不只我一个哟。"

"嘭"的一声，我使劲拔出布雷登白葡萄酒的酒塞，往香槟高脚杯里倒酒。

"你想以自己的方式与阿素保持距离。你不敢卸掉厚重的假发，不敢以苗条的真实身材去接触阿素。因为你担心，过多的女性自信搞不好会让自己一不小心就冒冒失失地闯进阿素不可侵犯的领域，那样一来，可能会造成无可挽回的结果。"

"为什么……为什么知道，我戴着假发？啊，哦，我知道了。难道是……"

"没错。兰兰，白天的时候你偷偷从这里溜出去了吧。是不是去了秘密小屋那边？你去看了小桃和阿素，当时是摘了假发的，也没穿超大码的衣服。"

"这样啊，原来如此。刻子奶奶那个时候看到了。我完全没发现。"

"我并不想责备你的行动，这一点请不要误会。只是兰兰啊，你为什么要常年穿着这副盔甲呢？好好想一想自己这么做的原因，是不是就能理解阿素的心情了？这也算是我的过度关心吧。"

我将香槟酒杯微微倾斜，布雷登白葡萄酒那冰凉的清爽口感一下子滑落至胃袋深处。

"没错。阿素的男扮女装，大概就是盔甲。跟你一样。"

对于自己说的这句话，我非常赞同。阿素当初开始男扮女装，或许也是一种手段，为了追求自己与果绪之间那种未能实现的一体感。

但不知是幸运还是不幸，这个行为竟然很符合他的感性和生活方式。因此，阿素本人也不知不觉地将其当作盔甲来利用，借此与小桃保持距离，而这么多年来，他肯定不曾察觉这是一种自我欺瞒。

兰兰盯着已经清空的盘子和小咖啡杯,突然扬起头,说道:"那个,我也要……"

"嗯?"

兰兰指着那瓶我正在品尝的布雷登白葡萄酒。

"喂喂喂,你还没成年呢。"

"我在大学的联谊会上早喝过了。"

"和男朋友一起喝的?"

"欸?不是,什么男朋友啊……"

"你不是有一个正在交往的男朋友吗?"

"也没到交往的程度啦,就是小学的时候同班过,最近跟他走得近了。"

我知道她说的是平海,不过此时此刻还是不点明他的名字了。

"那位男朋友,知道兰兰穿盔甲的事吗?"

"是指我的假发?我想他大概没发现吧。他有点呆,说句不礼貌的话,感觉人有点迟钝。"

我差点就下意识地脱口说一句"看着是像",在内心暗自苦笑。在当下这个时间点,我还没真正地与平海见过面。

"那你打算什么时候亮相?"

"欸?"

"在那位男朋友面前,展示你的短发和苗条身材。"

"那算哪门子亮相啊。对了,刻子奶奶,您不是说准备了两种甜品吗?"

"是啊。另一种是用白巧克力和坚果做的法式酱糜蛋糕[①]。"

[①]一种法国传统甜点,可根据制作温度的不同体会不同的口感和味道。

"那个我也想尝一尝。还有吗？"

"有有有。意式咖啡呢，还要续杯吗？"

"麻烦您了。"

兰兰突然站起身，直接从北侧的楼梯上楼了。

"吱呀——砰"，远远传来了类似她房门开了又关的声音。听着这声响，我又拿出了一个香槟高脚酒杯。

等了一会儿，兰兰出现了。不知为何，这次她走的是南侧楼梯，而且摘掉了假发，一身T恤加紧身牛仔裤的装扮。

看着她从开敞式楼梯下来的身姿，我有点看呆了——这可不是奉承，也不是玩笑话。

她的优雅举止如同时尚模特，等到她卸下盔甲以这副模样在大学亮相的那天，男孩们想必都会躁动吧。

"很漂亮。"

"谢谢夸奖。"

"不过，难得的亮相，对象却是我，合适吗？不给男朋友或是阿素看？"

兰兰什么都没回答地落座了，我在她面前摆了一份白巧坚果法式酱糜蛋糕和一个小咖啡杯。

"刻子奶奶，您怎么看？"

"我，什么怎么看？"

"您希望桃香姐姐和素央舅舅以后如何相处？"

"我当然希望他们幸福，所以才会陪着大哥做这种荒唐事。"

"对他们两人来说，到底……怎样才算是幸福呢？"

"例如，让他们有一个可以好好沟通的状态吧。"

兰兰瞪大眼睛，似乎有些惊讶。

"除此之外，我别无他求。不管那两人今后继续维持父女关系,还是选择走其他道路,我都没兴趣。怎样都无妨。"

兰兰垂下肩膀,叹了一口气,然后拿起叉子,扠了一块酱糜蛋糕。

"我只是希望,年枝大姐的儿子阿素,以及大姐在这世上最爱的有末果绪的独生女小桃,他们彼此都能以个体的身份,进行正常的、健全的交流。我的愿望仅此而已。"

兰兰默默地往嘴里送酱糜蛋糕,突然露出足以让我退缩的满脸笑容,道:"刻子奶奶,您好厉害。"

"蛋糕那么好吃吗?"

"不是啦。啊,不对,酱糜蛋糕当然是好吃得要我命了,只不过我在想,这件事是不是我想得太肤浅了。"

"什么事?"

"就是桃香姐姐和素央舅舅的事啊。"

"兰兰自然也有自己的深刻想法,只是看事情的角度不一样而已。"

"不不不,我自己没啥自觉,其实我光想着自己的事了。这一点,现在我非常明白。"

"光想着自己?"

"之前我超有自信的。自认为这世上最爱素央舅舅的人就只有我一个。然而从现实情况来看,我正在步桃香姐姐的后尘。"

我突然有一种感慨:我十九岁那会儿知不知道有"步人后尘"这个词呢?

"相对于桃香,我背负着一个决定性的不利条件。"

"你说的不利条件,难道是指……兰兰和阿素有血缘关系,但他和小桃之间并没有?"

"也包括了这一点。我感觉自己所处的立场很没道理,必须让素央舅舅成为我独占的人。事实上，我们的关系肯定是亲密的，但是每当我有所察觉，才发现自己总是被赶到了最远的位置。都怪桃香姐姐……这话听着或许不太合理。"

"没什么不合理的。"

"从现实问题来看，我干干净净全身而退是最好的办法。但这种说法，连我自己都觉得有些居高临下了。"

"虽然有很多纠葛，但说到底你会那么想，就是想让自己全身而退的心情占了上风，所以兰兰这次才决定帮时广演这场闹剧，对吧？"

"是啊，不过主观上来说，我的心情类似于'这是为了素央叔叔着想'。其实就是纯粹为了自己嘛。"

"只要小桃和阿素的关系能大有改善，兰兰在精神上也能安定下来了，对吧？"

"是啊，一切都能摆脱了，至少我自己是。至于桃香姐姐和素央舅舅会如何发展，我没想那么多，就是这么肤浅啦。就跟刻子奶奶一样，他们两人内心的问题，一丁点儿都不去思考……"

或许是察觉泪水滑落脸颊，兰兰低下了头。

我在落泪的她面前放下一个香槟高脚酒杯，随着"咕嘟咕嘟"的声响，布雷登白葡萄酒注入了酒杯。

兰兰抬起头，我把香槟高脚酒杯递过去，然后朝她举起自己的香槟高脚酒杯。

"来吧。"

"什么？"

"干杯。"

两个香槟酒杯亲吻了一下，随后我一口饮尽，站起身来，说："不用勉强自己喝。"

可能是不晓得怎么应对这突如其来的状况，兰兰转了转眼珠，然后细细品尝这人生第一杯布雷登白葡萄酒。

"欸，这味道……第一次尝到这样的。好好喝呀。"

"好喝就行。"

"我想再来一杯。干脆，我想自己喝完那一瓶。"

"作为成年人，或许我应该说一句'想自己解决一瓶，你还早了十年'。行了，走吧，先从我房间开始。"

兰兰被我推着后背，从北侧的开敞式楼梯上了楼。

"等一下。"

进入自己那个位于南侧靠西的房间之后，我从包里拿出一部手机。当然了，这是小桃的手机。

"久等了，接下来轮到兰兰了。"

"呃，轮到我做什么……"

"去拿手机呀。当然，是拿阿素的手机。"

兰兰一脸诧异地看着我摆弄小桃的手机，过了好一会儿才终于露出恶作剧般的笑容，然后回了自己的房间。

我在走廊上等了一会儿，她就出来了——带着阿素的手机。

"很好，那就去亮相吧。"

这次，我们一起从北侧的开敞式楼梯下楼。

"呃，接下来又要亮什么相？"

"还用说吗，兰兰去展示自己真实的模样啊。"

"欸？"

我和兰兰一起从后门离开了别墅，徒步走向秘密小屋。

兰兰已经察觉我想做什么，但似乎抓不准我是不是来真的。她用看好戏又有些不安的口吻说道："可是，这么做合适吗？瞒着大家违反了规则……"

"没事没事。话说,白天的时候兰兰不是已经破坏规则了吗?"

"要是我,甚至刻子奶奶也一起突然出现,素央舅舅会吓一大跳的,还会问一句'你们是怎么到这儿来的'。"

"这一点你也不用担心。至少小桃很清楚时广在谋划什么。"

"欸?真的吗?为什么她会……"

"看来是有人事先就跟小桃透露了。"

"怎么这样啊。这么说,素央舅舅现在可能也从桃香姐姐这儿得知这件事了。"

不消说,就算小桃没有揭露这件事,阿素也早就通过预知梦知道了时广这场闹剧的所有内容。

"这个嘛,我就不知道了。说不定小桃觉得有意思,装作不知情的样子陪大家闹着玩呢。这样的话,她就不会告诉阿素了。"

用了不到五分钟,我们就抵达了秘密小屋。

一楼的露台玻璃门透出些许照明的灯光。

我走近玻璃门,模仿兰兰今天白天做过的行为,偷偷观察室内。

家庭式酒吧那边,小桃和阿素隔着吧台相对而坐。

看到两人都穿着白色浴袍的样子,我不由得轻轻苦笑了一下。不愧是我大哥,连这种道具都事先替外甥准备好了,这就是所谓既然要做就要做足准备吗?

比起两人的浴袍装,更让我印象深刻的是,坐在高脚凳一侧的人不是阿素,而是小桃。

原本谈笑风生、氛围正好的两人,视线几乎是同时转向了旁边。看来是发现我们了。

小桃瞪大双眼正要起身,我举手示意她别动,然后指手画脚地想表示，我们会从大门那边进屋。

"姨妈，你们是怎么到这儿来的？"

出门迎接的阿素扎着马尾。这下我懂了，他确实比平时更像个男人。

之前梦里的正广描述的那种"一身清爽的女人"、听着就觉得矛盾的评价，单凭文字我还是不明白。不过亲眼看到他之后，确实没有其他词能形容了。

回想一下，在那个套娃式的预知梦里，我也遇到了跟现在一样散发着艳丽气息的阿素，不过当时正忙着应付连环杀手，根本没有余力去发出这样的感慨。

"正广明明说了，姨妈和时广舅舅今天都喝了不少酒，开不了车的。"

明明阿素在预知梦里已经知道，从这里到别墅走路都不用五分钟，还挺会演戏的，绝对不输给在预知梦里助力金栗小姐的正广。

"这位小姐是谁……咦？欸？！难道，欸？你是兰兰？"

另一厢的小桃，与改变形象之后的兰兰的正式会面，是货真价实的第一次，所以她不是在演戏，而是真的感到惊讶。

"哇。哇哇哇！完全看不出来啊。呀，这件T恤也不错。好酷呀，在哪儿买的？"

小桃叫着，似乎很想现在就一把抱住兰兰，突然又一脸诧异地回过头，问："素央叔，你怎么回事？"

"呃，我怎么了？"

"不是，总觉得，看到变化这么大的兰兰，你好像不怎么惊讶。"

"我惊讶着呢。很惊讶的。"

阿素继续发挥他的高超演技。

"可是，你想想，白天的时候不是有个女孩子从那边的玻璃门偷看室内吗？"

"嗯。欸……啊！"

"当时我是没留意，不过事后想想，感觉那人还挺像米兰的。"

"听你这么一说，确实是呢。做梦也没想到，那个人居然是兰兰……欸，不对，这不是很奇怪吗？刻子奶奶，你们是怎么到这儿来的？该不会是兰兰开的车吧？这不可能吧。这到底是怎么回事呀？"

奇怪，好像有点不对劲……就在这时，一种乌云般的不安在我心口形成旋涡。

"'叔分儿'打来电话说了，他们练车练到一半发生意外了，他必须送金栗小姐去医院，所以没办法来接我们。"

没错了。

今天，正广会如同套娃式预知梦里的我所设想的那般来跟我和时广汇报，说他以金栗小姐在练车时发生意外为借口，把阿素和小桃丢在秘密小屋那边了。

（"首先，我会设定自己和惠麻今天不会再回别墅，也吃不到姨妈做的菜。然后说，在老爸或姨妈来带他们回去之前，我和惠麻就不奉陪了。最后我们还得假装不在别墅留宿。不然，这故事逻辑就合不上了。"）

"而且他还说，刻子奶奶和时广公公都醉到不能开车了，所以我才打定主意，今夜只能和素央叔在这里过了。对吧？"

她向阿素寻求帮腔。阿素回应道："嗯嗯，是有这么回事。"但那高超演技多少夹杂了一丝生硬。

小桃好像真的不知道时广策划的那场戏，这实在难以让人理解。但察觉这一点的人，只有和阿素偷偷交换眼色的我。

"那个，小桃啊……我冒昧问一句，有没有人事先跟你说过，时广这个秘密小屋的事？"

小桃皱起眉头，朝阿素投去求助似的一瞥，然后才重新面向我说道："没有。我倒是想问，关于这个小屋，我要事先找谁打听？"

"不，不是不是。没事了没事了。不必在意，忘了吧。"

这是怎么回事啊……单看小桃现在的样子，一点都不像是她明明知道时广提议演那场戏的事，却假装什么都不知道。

再说了，在这种状况下，小桃完全没必要这么演。

就算金栗小姐向她透露了，她直接明说应该也无所谓。然而，此时此刻的小桃当真是蒙的。

也就是说，她真的不知道。

可是……可是，那就不对了呀。这不是很奇怪吗？

我用"展示真实自我"的名目，把兰兰带到这个秘密小屋，其目的只有一个——

没错，就是为了稍微拖延一下小桃返回别墅的步伐。

本该留在秘密小屋的小桃，偷偷造访时广的房间时，碰巧目击了金栗小姐，这就是引发那场惨剧的契机。

只要将小桃留在这里，今晚本该发生的大屠杀就会"不了了之"。我是如此坚信的，因此才会做出一辈子难得有一次的犯规行为，带着兰兰来秘密小屋找他们。然而……

这到底是怎么回事？

如果金栗小姐没有事先泄露这个全员都是共犯的闹剧计划，小桃今晚离开秘密小屋，特地去见时广这件事的必然性就会消失。这一点是理所当然的。

或者说，还有其他可能性？难道还有其他原因导致小桃做出那样的行动吗？

"抱歉，兰兰。"

"欸？"

"我一心以为小桃是知道这件事的，所以才把你拉来了。"

"这样啊。那真是糟糕了。该怎么办呀，刻子奶奶？"

"你们两位，在说些什么呢？"

小桃此刻的表情，看着有九成是笑脸，剩下的一成是怒意。她个子高，两手叉腰的姿势显得气势爆棚。

"刻子奶奶和兰兰是怎么从别墅那边过来这里的？两位打不打算说个明白呀？"

"有的，打算是有的。小桃，我们能不能先做个约定？"

"什么约定呀？"

"今晚我和兰兰到这里的事，希望你别告诉时广或正广他们。"

小桃整张脸都皱起来了，疑心似乎越来越重，还把姿势改成双手交叉抱在胸前。

"还有，我们接下来要坦白的事情，也请你当作什么都没听到，装作从头到尾都不知情的样子。"

"要不要做这个约定，得等我听你们说了一切之后再决定。"

"好吧。那么，呃，兰兰。"

"欸？"

我双手合十，微微欠身。

"拜托你解释一下。"

"慢……为什么是我呀？这种场面不该是长辈来开口吗？"

"你不会吃亏的。兰兰想要的香槟,布雷登白葡萄酒,我送你一打。"

"您觉得我会因为这么点东西就上钩吗?有点小受伤呢。罢了,您说得也没错。那么,除了香槟,以后我去店里的时候,也要免费请我吃那个栗子加马斯卡彭芝士的提拉米苏蛋糕。要一年份的。"

"一年?真是无法无天了。不,没事没事,我答应你。"

在兰兰仔仔细细地向小桃和阿素解释这次时广策划的整个计划期间,我拼命地转动脑筋,左思右想。

这个秘密小屋和别墅的位置关系,此时此刻的小桃还毫不知情。

有了这个前提,现阶段小桃没有道理特地独自步行回别墅去。

然而,在套娃式的预知梦里,小桃是从这里返回别墅的。那她是怎么回去的呢?

首先,不可能是独自回去的吧?那么,是谁带她回去的吗?

按照合理的思路,只有这个可能性了。可是,那个人是谁呢?

先不说回去的过程如何,能让小桃跟着走的,应该是她认识的人吧……有这么一个人吗?

不对,撇开这点,不论那个人是谁,他是用什么借口把小桃从这里引诱出去的呢?

而且阿素就在这里,那人还得避开他的耳目才行……

"啫,这计划听着就蛮粗糙的。"

兰兰结束了大致的解释。

小桃刚才一直双臂环胸地听着,此时松开了手臂,仰面朝天,仿佛在忍耐发疼的脑袋。

"我实在不知道……该做何评价。乍一听,感觉是受漫画影响。"

原来如此。听她这么一说，我内心也大为赞同：这个计划确实挺像漫画桥段的，而且是昭和时期的少女漫画。

"经刻子奶奶同意，我坦白了整件事，你们可得替我保密哦。"

说着，兰兰把小桃和阿素的手机还到他们各自手上。

"难以置信。我只有一句话能说，实在令人——难以置信。不仅是兰兰，连刻子奶奶也在看好戏，参与了这个骗局。"

"我觉得，姨妈不是在看好戏。"

或许是因为立场，于心不安的阿素只能含含糊糊地帮忙解围。

"米兰有米兰的立场，姨妈也有姨妈的想法，她们肯定是出于各自的考量才这么做的。"

小桃再次双臂交叉抱在胸前，噘着嘴巴想了好一会儿，终于"扑哧"一声，露出了一如既往的笑脸。

"是嘛。原来是这么回事啊。也就是说，兰兰白天那副打扮来这里的时候，要是我们马上跟在她身后，就有办法回到别墅了，是吧？"

跟在……身后？

"啊！"

"怎么了，姨妈？"

"没、没什么，没什么。呃，现在几点了？"

阿素看了看刚回到自己手中的手机。

"还有十五分钟就十点了……"

"抱歉，兰兰，你能在这里等一会儿吗？"

"到底怎么了？"

"我很快就回来。大概用不了三十分钟，行吗？那一会儿见。"

"等、等一下……"

阿素出声阻拦,我没理他,冲出了秘密小屋。

我一路小跑,避开了从露台玻璃门露出的灯光,闪身躲进了黑暗。

我单膝跪地,在灌木丛的阴影里偷偷观察。这个位置刚好可以一眼望尽秘密小屋整个建筑。

透过玻璃门往屋里看,可以看到家庭式酒吧附近的小桃、兰兰……阿素的身影倒是看不到。就在这时——

我感觉到有人。

我慢慢转动脖子往旁边一看,昏暗之中,浮现出一个人形的黑色剪影。

那人影,似乎正在仰望这栋建筑。

凭借这点照明亮度无法辨别他的样貌,不过估摸是一个男人。

那个黑影貌似在躲避屋里露出的灯光,绕到房子后方去了。

我的视线转回屋里,看到了刚才不见人影的阿素。

他不再是浴袍装扮,换上了白天穿的那套衣服。

这回看不到人影的是小桃。估计跟阿素一样,回二楼换衣服去了吧。

在我思考之时,刚才的黑影再度现身。

那人似乎很在意二楼的情况,一直重复仰望房子的动作。

他来到屋内灯光所及的露台前方,停下脚步,身体前屈,一边拉开距离以免被人发现自己的身影,一边窥视屋里的情况。

过了一会儿,黑色人影挺直后背,身体转了一个方向。

也许是在意脚下昏暗,那人开始静悄悄地挪动。

等到那黑色人影从近在咫尺的地方经过之后,我也从灌木丛的阴影里站起来。

回头看了一眼屋内,刚才不见人影的小桃也在。她果然不再穿着浴袍,换成了白天那套衣服。

我迈出步子,尽量不发出脚步声和气息声,小心翼翼地跟在那黑影身后。

如我所料,那人朝别墅走去。

没错。现在我复刻的便是套娃式预知梦里,那个"相安无事的星期六的间隔时段期间"小桃采取的行动。

梦里的小桃发现了这个躲在暗处偷看秘密小屋的黑影,便赶紧追踪过去,结果没想到仅用几分钟就回到了本以为相距甚远的别墅。

这次小桃应该没发现黑影,那是因为我和兰兰突然到访秘密小屋,这个超出原本剧情发展的行动导致了这样的结果。小桃更多关注的是我和兰兰这两位意料之外的客人,因此在本该发现那个可疑人物的时候,错过了机会和时机。具体原因我不是很清楚,但大概就是这么个因果关系吧。

可是,还有一些问题没弄清楚。

就算是发现了可疑人物,为什么小桃会立刻就追出去呢?我不认为她是那种有勇无谋的性格啊。

还是说,有某种紧迫性的原因,迫使她不管三七二十一必须追上去才行?具体是什么原因就不知道了。

另外,当时的阿素在做什么?

在这种情况下,我很难想象小桃会瞒着他离开秘密小屋。以阿素的立场来说,他绝对会阻止小桃去涉险,或者会提议两个人一起去追踪。反正二者选其一。

梦里的阿素比小桃慢了好几拍才回到别墅,也就是说,鉴于那个"相安无事的星期六"的事实——阿素在途中曾经跟丢了小桃且迷了路，可以认为后者的可能性更高。

没多久，别墅渐渐出现了。

走在我前头的黑色人影，在后门前停下了脚步。

他似乎在左右张望，然后从东侧绕到房子后方，从我的视野里消失了。

看来，尾随小桃来到别墅的阿素，在一楼隔着观景窗看到的黑色人影，正是此人了。

我快步跑向别墅后门，用对讲门铃呼叫了时广的房间。

时广大概睡得很沉吧，好久都没来接听。

我固执地连摁门铃，没多久，扬声器里传来了一声"在呢"。

"我以为是谁呢，原来是刻子啊。怎么了？"

为了强调紧张感，我尽力把脸凑向监视器的摄像头。

"有件事我不放心。总之，先让我进屋，我现在就要去你房间。"

"喂喂，这到底是怎么了？"

自动门锁解开之后，我进入了屋子，从北侧的开敞式楼梯上楼。

我经过小桃房间的门前、公用盥洗室的门前、兰兰房间的门前以及公用浴室的门前，走向时广的房间。

正要敲门时，我停下了，回过头，看向隔着楼梯井的正对面，即西侧正广的房间。

果不其然，房门开启一条细缝，从中往这边窥探的金栗小姐与我对上了视线。

本来，此刻应该是小桃在没发觉自己正被金栗小姐盯着的情况下，径直进入了时广的房间。

而这一幕成为开关，让金栗小姐开始实施杀掉时广的计划……慢着。

如果金栗小姐没将时广策划的那场戏透露给小桃，难不成从一开始，她就不打算在今晚做些什么吗？不对。

对于如今已是儿媳妇的金栗小姐来说，能与时广生活在同一屋檐下，是难得一见的机会。或许她心存期待，认为就算不专门设置针对小桃的陷阱，她能实施那个或然性犯罪计划的机会，大概也会以某种方式降临吧。因此，她才会穿上黑衣，还准备了墨镜和白口罩。

不管怎么说，既然现在进入时广房间的人是我，那么至少那个甩锅给小桃的计划就难以奏效了。今晚金栗小姐将发起某种行动的概率，应当又下降了些许。

如此坚信的我，对着金栗小姐露出了笑脸，并轻轻挥了挥手。

果不其然，以笑脸朝我致意的她，带着某种不甘的神情来到走廊，然后反手关上房门。

她从北侧的开敞式楼梯下了楼。

我看着她的身影直到消失，然后敲响了时广的房门。

"到底有什么事？"

大概是安眠被扰，大哥显得很不高兴。

"有件事我不太放心。"

"啊？"

"总觉得有个可疑人物，从刚才起就一直在这房子周围晃来晃去。"

"什么？"

闻言，时广那原本困倦的眼睛瞪得老大。

"真的吗？是什么人？"

"没看清长什么样,还不知道是谁。"

"哦嚯……"

"我想,是不是提醒大家小心一点比较好……"

说到这里,我突然想到了一点。

小桃肯定也是为了这个目的,才会在那个"相安无事的星期六夜晚"来到时广的房间。

她绝对不是来感谢或嘲讽时广策划的那场闹剧,而是来忠告大家,有个可疑人物在别墅周围晃悠,要多加小心。

听了小桃的话,时广才会用内线电话通知正广小心门户。而正广当时说("老爸说了些奇怪的话")是出于这个原因啊——呃?等一下。

梦里的正广说,时广在内线电话里询问的是"惠麻没事吧"。如果真是这么问,那么这件事的重点就变成了,时广尤其担心会发生什么情况危及金栗小姐。

这是为什么呢?肯定是因为小桃跟时广说了,她担心有这样的危险。

这么说,关键在小桃这里,她是知道金栗小姐有危险而采取了行动……道理是这么个道理,可是——

小桃为什么会如此认定呢?笼统地说,单凭一个"存在可疑人物"的模糊说法,留宿在别墅里的所有人应当都面临同等危险。为什么会尤其锁定金栗小姐呢?

时广拿起内线电话的话筒,向正广问道:"喂,惠麻没事吧?"我确认他做了这个动作,悄悄离开了房间。

我转身向西,在走廊上慢慢行走。

结果,就看到正广从西侧的房间里出来。

接到父亲的内线电话,他含糊地应答之后,却发现本应睡在自己旁边的金栗小姐不见了，于是慌慌张张出来寻人。

"你要找金栗小姐的话，她刚刚下楼了。"

听到我开口就这么说，正广一时愣住，停下了脚步。

"哦，好、好的。谢谢。"

正广顶着一头睡得乱翘的头发，扶正了眼镜，准备从北侧的开敞式楼梯下楼。就在这一刹那——

一个仿佛能撕裂楼梯井空间的尖叫声响彻四周。

"欸……"

紧接着，是一声听着没什么印象的粗犷怒吼："你在做什么？！"咦，是谁？

"欸？咦？"

正广跑下楼梯，我赶紧跟在他身后追下去，同时想到了一件事。

在那个套娃式的预知梦里，此时的阿素恰好透过一楼的观景窗看到了黑色人影。

从时机来考虑，刚刚下楼不久的金栗小姐会代替阿素看到那个黑影……然后，会发生什么呢？

先前那一句"你在做什么"，听起来应当是男人的怒吼，是那个黑色人影发出的吗？

但是那个声音，很明显是在屋子内部发出的。那个本应在室外的黑色人影，到底是怎么闯进房子里面的？

"啊？啊！哇啊！"

正广一边跑下楼梯，一边发出尖叫声。

"惠麻？惠、惠麻！惠麻啊啊啊啊啊啊啊！"

我赶紧追在他身后，撞进眼帘的是一个躺在玄关门口附近的女性身影。

是金栗小姐。

她的身体下方，一种红色的液体正一点一点地在地板上扩散。

"这是在做什么？！"

此刻玄关门口有一男一女——金栗小姐不在其中——他们都朝对方一个猛扑，像是正处于格斗比赛中最激烈的环节。

那女人，手上挥舞着貌似刀具的东西。

男人则是用两手抵住女人的手，试图将刀具夺过来。

我看到的就是这样的一幕。

"住手，你们两个。给我住手！"

女人一直挥舞刀子，而与她激烈扭打、互斗的人是……欤？

古濑先生？

那象征性的白发和白须，还有那圆框眼镜。为什么古濑先生会在这里？

"时广！"

我大声呼喊，如此高的音量从自己口中发出，还是生平第一次。

"时广——"

大哥从房间里冲出来，两手扶着护栏，俯视楼下的情况。

"快叫救护车！"

"这是怎么了？"

"赶紧的！还有报警！快点！"

时广赶紧跑回了房间。

在此期间，那对男女的搏斗仍在继续。

"惠麻，惠、惠麻，你撑住啊。"

金栗小姐大量出血，看着像是生命垂危，正广紧紧抱着她的身体央求道。

"你坚持一下。挺住,求、求你了,振作一点啊!"

"咳呃!"一个男人的呻吟声传来,就像气球漏气一般的声响。

只见随着一声巨响,古濑先生双膝跪地。

刀深深扎入他的颈部。

女人后退了几步,像是在避开喷出的鲜血。

接着,她来回瞪视我们和倒在自己跟前的古濑先生,似乎在算计将刀具从颈部拔出的时机。

"你是什么人?!"

正广激动地站起身,逼近女人。

"你是谁啊?!"

女人大约三十岁,散发着如恶鬼一般的杀气。但那张脸,平日里应当是美艳动人的。

这人我也不认识——不对。

不对,等一下。这个人我有印象。

对了,白天在"常世酒店"见过的。这不是当时和古濑先生在一起的人吗?

"等一下,混蛋!"

两手空空的女人转身,企图从大门口逃走,却被正广一把抓住。

"放手!"

女人很暴躁,试图挣脱反剪她双手的正广。

"放手!放开我!把手给我松开!"

"你是谁!为什么要这么对惠麻?"

"啰唆!放手!放手!"

"金栗小姐……"

我双膝跪地,观察她的脸色。

"刚刚发生了什么?"

"古濑……先……先生……他……"

"古濑先生从窗户外面往屋里偷看?是这样吗?"

金栗小姐的动作像是将下巴微微往回缩。这应该是在点头。

"然后又发生了什么,金栗小姐?"

她的双眼混浊,可能已经无法看清我的模样。

"是你打开大门门锁,让古濑先生进屋的吗?"

金栗小姐没有回答,只剩嘴唇在痉挛。

"然后,和古濑先生在一起的那个女人闯了进来,捅了你。是这么一回事吧?"

我之所以一直提问,是想在救护车到来之前尽量让她保持意识清醒,但是这可能起到了反效果。

金栗小姐的嘴唇不再痉挛。她断气了。

时广似乎刚报完警,正从楼梯上跑下来。

"这到底……是怎么一回事?"

当目睹同样浑身是血的金栗小姐和古濑先生时,时广的身体向后一仰,仿佛瞬间触电。

"什、什么情况?这、这究竟……是怎么了?"

他死死地瞪着被正广压制的女人。

"这家伙,是谁?"

"大哥,你白天时也见过她的。"

"什么?"

"你仔细看看。她是当时和猪狩真须美小姐、古濑先生一起在常世酒店的那个人。"

"那她,为什么会……"

正广激动地怒吼,声音大到连我都差点当场跳起来。

"你为什么要对惠麻这么做？"

"因为我看她不爽！"

女人把脖子扭向后方，对着反剪她双手的正广怒吼。

"仗着自己年轻一点，就抢走别人的客人，到处都捞一把，给一点颜色就敢开染坊了。"

"啊，你……你是……"

这时，正广显得有些畏缩了。

"你是直到上个星期还在'梦鹿御苑'上班的，那个谁……"

"她还得意扬扬地跑来说什么，这回要飞上枝头变凤凰了。要显摆也得知道自己有几斤几两吧。"

正广一时之间卸了力，像是受到了不小的打击。

女人没有错失这一点。

"都说了，让你放手！"

她挣脱了正广的手臂，迅速地使出一记肘击，一点都不手软。

"呜！"

正广的脸部吃了一记，痛得站不直身子，晃晃悠悠地后退了几步。

"你这蠢货，还不消停吗！"

女人正想从大门逃走，时广挡在了她面前。

"别再做蠢事了！"

女人吓得停下脚步，接着转身面向站在她身后的我。

正广鼻血直流，却还是勉强调整了姿势，再次逼近女人。

"警察就快到了。"

三对一，想逃也难了。女人大概是放弃了，双臂暂时无力地垂下。然后——

"啊哈哈哈哈哈哈！"

她突然歇斯底里地笑起来。

"蠢货。你是个蠢货啊。真的是,蠢到惊天动地的蠢货啊!"

她朝着正广,竖起涂着深红色指甲油的食指。

"不懂世间险恶的少爷,你都不知道自己差点被杀了吧?"

"你在胡说些什么?脑子不正常吧?"

"脑子不正常的人,是这家伙!"

女人这次恶狠狠地指向已经断气的金栗小姐。

"这家伙答应跟你结婚,当然是看上了你的财产啊!"

"你说什么?"

"她就想尽早跟你登记结婚,好把你杀了,为了独占你的财产啊。"

"她怎么可能这么做!"

"所以我才说,你这少爷蠢得离谱嘛。"

"你瞎扯的这些,有什么证据……"

"证据?哈哈哈!你问我要证据?这玩意儿多的是呢!用你那没多少脑细胞的脑子仔细想想就知道了。为什么我们能这么容易就闯进这栋房子?嗯?"

正广一脸困惑地来回看了看我和时广。

"是这家伙。"女人再次指着金栗小姐,"当然是她给开的门啊!"

"惠麻给你们……开门?"

"没错。"

"就、就算是她开的门,怎么就能证明她想杀了我呢?这一点逻辑性都没有。"

"都,说,了!用你那可悲的脑子想想。听好了,原本今晚呢,我们……"

女人这回指向了倒地的古濑先生。他的白发与女人指甲油的颜色竟形成了一种浓艳刺眼的鲜明对比。

"你觉得,我和这个老头子为什么要专门跑到这种地方来?"

"这种事我哪儿知道!"

"就是因为听说,你们今天要在这里办派对宣布婚事啊。"

啊!我明白了。

原来是猪狩小姐。

这个女人和古濑先生肯定是从猪狩小姐那里听说了我们要在这栋别墅里办派对的事。估计在常世酒店的咖啡屋遇到时,两人曾经向猪狩小姐打听过时广的身份。

于是,猪狩小姐将时广的情况,包括他请求借用猪狩小姐名字的事,都详细且草率地告诉了古濑先生和这个女人。

"知道这些情况后,这老头子……"

女人粗暴地胡乱挥舞着双臂,看那表情,仿佛下一秒就要去踩踏躺在地上的古濑先生:"他就在那儿嚷嚷着,'这可不妙呀,得去救救惠麻呀'!"

"啊?救、救救惠麻?"

正广一脸愤然地靠上前。

"这话什么意思?这老头要救惠麻?"

"他说……再这样下去,惠麻会违背自己的意愿被迫结婚,要赶在那之前把她救出来。这话可不是我说的哟,是这老头子。他觉得惠麻是被人拐去卖了呢,然后就自己一头热地紧张起来,还说什么自己才是惠麻的真命天子。"

"这、这么一说,惠麻确实说过被一个这种长相的男人纠缠不休,烦恼得很……不、不对,这不是很奇怪吗?"

正广尖着嗓子发出高亢的声音,我还以为那是一声怒吼。

"这不是很奇怪吗？这个跟踪狂一样的老头这么晚了突然冒出来，正常人都会觉得自身有危险吧。惠麻怎么可能特地打开大门的门锁让这家伙进屋呢。这绝对不可能。"

"你真的是一个无药可医的天真少爷呢。这个厚脸皮的女人之所以开门让人进屋，肯定是觉得这老头子可以利用嘛。"

"啥？利用……你、你说的利用，是什么意思？"

"就是用花言巧语诓骗这老头，让他去杀了你呀。"

啊。我明白了。

我不知道这女人是基于多少逻辑思考才得出这样的假设，不过这个说法听着相当可信。

可是，差点被金栗小姐利用古濑先生杀害的正广就很难相信了。恐怕时广也是一样的。

按照顺序来说，必须是时广先过世之后，财产才会由正广继承，不然金栗小姐没法一个人独占久志本家的所有财产。

但古濑先生的情敌只有正广，不涉及他父亲。金栗小姐要如何让古濑先生去袭击时广呢？

我只能发挥自己的想象力了。比如说，她会想办法误导古濑先生走错父子俩的房间，说什么正广所在的房间不在西侧而是东侧，指示他去那边的房间下手。

或者，真正对时广下手的人，是金栗小姐自己，然后伪装成古濑先生犯下这些罪行的状况。

先不说是她自己动手，还是让古濑先生代劳，为了刺杀时广，原本想在那个"相安无事的星期六"用在小桃身上的陷阱，这次被金栗小姐用来设计古濑先生了。至于具体怎么操控古濑先生，这已经成了永远的谜。

企图操控并利用古濑先生的人，并不是只有金栗小姐一人。

这个刺杀了金栗小姐和古濑先生的女人，也有同样的打算。

迷恋金栗小姐的古濑先生被爱冲昏了头脑，打算上演一出堪比电影、具有戏剧性的抢新娘大戏，他的疯狂让这个女人搭上了便车。

女人准备了刀子，估计是打从一开始就想着要加害金栗小姐，跟着古濑先生一起来了。

金栗小姐发现古濑先生透过窗户往屋里窥探，便去打开了大门。结果这女人从后方推开了他，捅向金栗小姐。

紧接着，她又朝着大喊"你在做什么"的古濑先生捅刀。或许她是想在杀了金栗小姐和古濑先生之后，把现场伪装成他们两个人起了争执后自相残杀吧。

可是，就算我们没有立刻赶到现场，这么欠缺考虑的计划能否成功？我认为是不可能的。

"不会的。她怎么会让这老头子来杀我呢……这些，是骗我的。惠麻不可能这么做……"

正广的声音被女人刺耳的大笑打断了。

像是要压住这阵大笑一般，远处传来了警笛声。观景窗也很快被红色灯光染上了颜色。

救护车到了，比我预想的来得快许多。

没多久，当警车也到达时，小桃、兰兰和阿素也从秘密小屋回到了别墅。

三人看到一楼的惨状，都说不出话来了。

虽然我刚才让他们等着，但三人还是过来了。据他们说，兰兰一直兴奋地说着别墅这边有超级好吃的晚餐甜点，小桃和阿素都很好奇，实在按捺不住就来了。

*

不过，事后阿素跟我说："那不过是表面上的借口。"

"米兰一直在大赞特赞姨妈做的甜点，这倒是真的。我是顺着她的话提议，说我们也很想尝尝那个甜品的味道，要不现在就回别墅，毕竟我也挺担心姨妈这边的。"

大概阿素觉得，当时我留下一句"很快回来"就从秘密小屋离开了，会不会是因为感知到别墅里有异变的预兆。

"当时原则上我是有一个应对方针的：只要让桃香留在秘密小屋这边，金栗小姐应该不会有所行动。可是，搞不好会有其他因素成为事件开启的契机，导致她动手取时广舅舅的命。我很担心，姨妈是不是因为想到有这个可能性，才急着赶回别墅。"

"原来如此啊。"

"其实我不想把桃香和米兰带去别墅的，但就我自己离开秘密小屋的话，总觉得不管找什么理由都显得不太自然。到头来，只能以大家一起回去吃甜点为借口，带着轻松的心情去别墅，虽说这么做是有风险的。"

所以那个时候，阿素才会麻利地将浴袍换掉，小桃也跟着做了。

话又说回来，感觉他们三人花了挺长时间才来到别墅，因为不知道内幕的小桃和兰兰都说"在这里等刻子奶奶回来不好吗"。阿素倒是想尽快追上我，哪怕早一刻也好，于是他一边抑制这份心情，一边若无其事地花心思催促两个女孩。

"姨妈觉得梦里的桃香应该是在秘密小屋周围偶然看到了那个黑色人影，于是跟着他一路追到了别墅，而您复刻的就是她的动线，这一点我可是刚刚听您说了才知道……没想到那个黑影……就是古濑先生。"

"我也很惊讶。"

"古濑先生……这个人真的打算将金栗小姐从别墅里绑走，或者说，带着她逃出去吗？"

"谁知道呢。想说服她断了与正广结婚的念想，这一点应该是真的吧。搞不好，还会出现手段过激的场面，但不好说会不会升级到绑架、监禁这种级别。"

"金栗小姐也真是的，到底在想些什么啊……假如她的伎俩正如那个女凶手说的，觉得古濑先生这个人可利用便为他打开了大门。但是，古濑先生究竟是为了什么目的，大老远跑到这常世高原的偏僻别墅，金栗小姐难道就没有一丝疑惑吗？更何况对方是一直在跟踪她的人。两人在这里碰面，她说不定会遭受危害，为防万一，绝对不让对方进门才是正常的应对方式吧。"

"恰恰相反。"

"相反？这话怎么说？"

"金栗小姐正是知道一个不小心古濑先生就会给自己造成伤害，才认定他有利用价值。毕竟，万一他是那种连虫子都不忍心杀害的人畜无害的类型，那么不管金栗小姐如何巧舌如簧地教唆，都没法说动他去杀害时广吧。"

"原来如此。说得也是……可是，只要她不把玄关的大门打开，星期六就能相安无事地平静度过了。"

"这个概率也就五十比五十吧。假如金栗小姐拒绝开门，但先前偷窥屋内情况的古濑先生被她这种态度激怒，说不定会通过打破玻璃之类的方式闯进来。"

"他会做到这种程度吗？"

"不知道。不过，如果古濑先生他们强行进了屋，发现异样的正广和时广也会立刻赶到现场。至少跟金栗小姐自己一个人去打开大门的情形是大不相同的,应该会有不一样的结局。"

"不一样的结局……"

"即便演变成与私闯民宅者的激烈缠斗,但也有可能不会发展成凶杀案。也就是说,至少金栗小姐不会丢了性命……我说得没错吧?"

*

第二年,二〇二〇年一月某日。

凌晨十二点已过,我在开着暖气的KUSHIMOTO做收尾工作。

店里没有客人。兼职员工小桃早就回家了。

静音模式的电视机在播放外国黑白影片——英格丽·褒曼主演的《煤气灯下》。

这一幕似乎是饰演她丈夫一角的查尔斯·博耶因为什么事情脸色大变,正对着妻子厉声责备。

当啷啷——开门铃铛响了。

"还能进店吗?"

进门的人是时广,一身西装打扮,领带松开了。

"进是能进,帮我在外面挂上'CLOSED'的牌子。"

大哥如实照做之后,脱下外套,来到吧台座位坐下。他看起来脸色有些发青。

"今天的沙拉是烟熏三文鱼哦。"

"哟,那可真走运。顺便给我白葡萄酒,要一整瓶。"

我照点单要求摆上了食物,但时广只是露出一个敷衍的微笑，然后重重地叹了一口气。

"怎么了？"

"正广那家伙……"

"他什么情况？"

"都过去五个月了，他还是完全无法重新振作的样子。"

"若说是五年才叫人担心，这才五个月啊。金栗小姐的事，他没那么容易忘记的。"

"要是他能早日改变心意，认识一个新女朋友就好了。"

大哥的视线不经意地撇向了电视机的画面。他说道："又在看这么老的电影。这是一九四〇年左右的吧？啊，不对，一九四〇年那版是英国拍的？这是美国那版，那就是一九四四年了吧。"

难得听到他说起这么琐碎的杂学知识，我把电视遥控器递了过去，说道："想看其他电视节目的话，请便。"

时广接过了遥控器，但很快又将它放在吧台上，说："没事，不看了。"

"我能喝一杯吗？"

"不用客气，大胆地喝呗。"

我将白葡萄酒从酒瓶倒入自己的玻璃酒杯里。

"大哥。"

"嗯？"

"之前年底的时候，猪狩真须美小姐到我店里来了。和朋友一起来的。"

"哦，这样啊。"

"她说是大哥推荐这家店的。你跟她说这里是妹妹开的，希望大家多来光顾。"

"说起来，我也好一阵没见到猪狩小姐了。她精神还好吧？"

"她说，社长先生平日里对她照顾有加。态度恭敬有礼，感觉是个不错的人。"

"嗯，是吧。"

"可以理解大哥为什么会借用她的名字来当再婚对象了。"

"你懂我的吧。"

"潜在心愿都呼之欲出了。"

"对吧对吧——慢着，你这句潜在心愿是什么意思啊？"

"不过，她说了些奇怪的话。"

"什么？"

"闲聊之余，我向猪狩小姐道了歉。那次为了配合我家大哥那场奇怪的游戏，给她添麻烦了。结果她一脸茫然的样子。然后我告诉猪狩小姐，大哥谎称自己要再婚，还借用了她的名字，她还是摇头表示不知情。"

"哦哦。"

"说到最后，她很肯定地说，肯定是社长先生把她和其他人搞混了……"

"喔。"

大哥淡定地倾斜高脚玻璃杯喝酒。

"这么聊着的时候，猪狩小姐说她想起了一件事。去年八月份时，店里有一位姓古濑的客人，邀请了她和之前在其他店里共事的某位女子，三人一起去了常世酒店吃饭。"

时广没说话，将白葡萄酒从酒瓶倒入自己的玻璃酒杯。

"吃完饭后，他们在河边的咖啡屋碰巧遇见了久志本社长，就聊了一会儿……猪狩小姐是这么跟我说的。"

大哥此前一直视线游离，现在转而看向我了。

"猪狩小姐说，那天社长先生告诉她，自家亲戚就在这附近的别墅里欢聚一堂，打算今晚为儿子和他未婚妻办一个宣布婚事的派对。"

时广的嘴角微微扭曲，似乎在困惑自己该笑还是该哭。

"古濑先生和那个女凶手在猪狩小姐旁边听到了那些话，才会在那天晚上赶到别墅。至于别墅的地址，应该是向曾被大哥邀请过的猪狩小姐打听来的吧。"

"刻子。"

"怎么了？"

"这件事有哪些地方让你那么好奇呢？如果当中真有让你好奇的地方……"

"大哥那天是在常世酒店的河边咖啡屋偶然碰见猪狩真须美的，可考虑到她身边带着朋友，就没去打招呼，只是隔着一段距离跟她点头致意……之前你是这么说的吧？"

"记得不是很清楚了。"

"为什么猪狩小姐和大哥说的内容，有那么多矛盾呢？"

"也不至于是矛盾吧？"

"假设猪狩小姐说的才是正确的，那大哥为什么要说这种没必要的谎话呢？"

"我不是刻意撒谎，也没有其他意图。纯粹是喝醉了，随口把所有事都说漏了。"

我给自己调了一杯威士忌苏打，在此期间，现场是一片尴尬的沉默。

"你有撒谎的必要。"

"什么必要？"

"我尽可能地贴近大哥当天的心理状态去思考，然后得出了'说不定是这样'的假说。"

"什么假说，又在这儿夸大其词了。"

"一会儿亲朋好友会聚在别墅里，打算办一个派对，祝贺正广和金栗小姐结婚。这件事可是大哥亲口告诉凶手们的。"

正确来说，是告诉"凶手和古濑先生"，不过我决定还是硬着头皮用了"凶手们"这个说法。

"而这个消息成了导火索，引发了这场金栗小姐和古濑先生被杀的惨剧……"

时广闭上了眼睛，身体微微晃动，摇了摇头。

"那份内疚和亏欠的心态，让大哥撒了那个谎。你说你遇到了猪狩小姐，但只是点头致意，并没有进行任何交谈。"

我走出厨房，手里拿着装了威士忌苏打的玻璃酒杯，来到大哥身边坐下。我用遥控器关掉了电视，说道："听了我这个假说，不觉得哪里有矛盾吗？"

"是有些矛盾。我说自己只跟猪狩小姐打了招呼，那是当晚九点才告诉你的。离凶手们闯进别墅的时间还有一个多小时啊。"

他把手肘杵在吧台上，手托着腮，扬起视线盯着我看。

"如果我是因为愧疚而撒了那样的谎，那不就说明早在那个时间点，我就提前知道金栗惠麻和那个姓古濑的男人即将被捅死吗？"

"正是这个道理。大哥是知道的，你早就有所预知了。"

"刻子，你……"

大哥蹭着吧台探出身子，认真严肃地盯着我的脸。

"难道说，你也是？"

"是啊，偶尔会这样。我会提前梦到未来即将发生的事情。和阿素一起梦到的。"

"欸？和素央一起？"

我大致解释了一下，阿素所做的预知梦和我的预知梦，常常会达成同步化。

"这样啊……原来素央也会做梦。他肯定是遗传了年枝大姐的。"

"这么说，大姐也有同样的能力？"

"我从没跟大姐直接谈过这个话题……只不过，从小时候开始就有过好几次情况让我觉得，搞不好就是这个原因。"

"那么正广呢？他是不是跟我们一样，也会做预知梦，通过遗传大哥的能力？"

"谁知道呢。忘了是什么时候的事了，我曾经试着跟正广套话，但他好像没有任何反应。"

"外甥阿素和我这个姨妈的预知梦能同步化，我还以为大哥和正广是父子，你们的预知梦也能同步化呢。"

"这个嘛，大概率不会。"

要我说的话，正广只不过是闭口不谈自己会做预知梦的现象罢了——虽说这个可能性无法排除，不过现在必须确认的是另一件事。

"去年八月十七日星期六，我们聚在别墅之后会发生的事情，大哥你也有所预知吗？"

"其实这件事，怎么说呢，有点复杂……"

酒瓶已经空了一大半。

"那个有情况的预知梦，我是在八月十日星期六梦到的。"

这么说，是在我和阿素幻视的前一天——当时我们看到了从八月十二日到八月二十一日本该发生的未来——不，正确来说，是前两天。

看来大哥的预知梦和我们俩的梦不太一样，或者说，是在略微有所不同的体系下运作的。至少，他的梦和我们俩的预知梦是不能同步的。

"在梦里，我来到这家店，还托你办了件事。我定了一个计划，以我和正广要联合举办宣布婚事的派对为借口，把大家召集到别墅里，然后把素央和桃香两人单独留在秘密小屋那边。这个计划需要所有人合伙来完成，所以我来求你提供帮助。"

他策划的这场戏，发生在实际上的八月十一日，星期天。

"但是当时我为什么会主动提出这个方案，脑子里在想些什么，我自己却完全想不明白。"

"这在预知梦里是常有的事。事件的前因后果总是一晃眼就过了，很难理解当时自己的所作所为。"

"这种情况当然也是有的，不过……该怎么解释呢，让素央和桃香两人单独待在秘密小屋……我究竟是出于什么原因而策划了这么一出麻烦的闹剧呢？说到底，这种想法是从哪里冒出来的呢？直到现在我还是一头雾水。"

"欸？什么意思？"

"那天我不是跟你说了吗？如果素央和桃香是彼此喜欢的，那就别想得那么复杂，应该去摸索能让这个念想开花结果的道路。就是些有的没的，大概这个意思的絮絮叨叨。"

"那不就是你想让阿素和桃香两人去一个外部无法干涉的环境单独相处的原因吗？"

时广没有回答，但至少没有表示肯定。

"我只是不知道是出于什么原因来求你帮忙。你先是拒绝了，但不知想到了什么，说要加一个条件，在带他们去秘密小屋之前把两人的手机藏起来，然后答应要帮忙。"

到这里，时广的预知梦暂时中断。

"梦做到这里，我就醒了，本以为……已是实际上的八月十七日星期六，结果这个预知梦居然还在持续。"

没错，跟我和阿素的预知梦一样，是套娃式构造。

"在预知梦里，我又做了一个预知梦。在那个梦中……"

"那个梦里发生了什么？"

"梦里是星期六，是正广顺利地把素央和桃香骗到秘密小屋那边之后发生的事。除去他们两人，正广、金栗惠麻、兰兰，还有你跟我都在别墅吃大餐。当时的烟熏三文鱼也真的很好吃。"

"那可真是太好了。"

"我吃得心满意足，回到自己房间待着。正在昏昏欲睡的时候，突然听到了对讲门铃的呼叫铃声。是从别墅的后门传来的。"

"这铃声是……"

时广瞥了一眼白葡萄酒的酒瓶。

"我看了一眼监视器屏幕，心想：这不是本该在秘密小屋那边的桃香吗？我问她怎么了，她说有紧急情况，快让她进屋，她会马上到我房间来。"

"然后，你怎么做了？"

"我不明所以啊，但总之打开了自动门锁。没过多久，桃香就来到我的房间。"

"接着她就说……别墅周围有个可疑人物在晃悠，让你提醒大家注意？"

这回时广点了点头，将还没清空的酒瓶举到下颚的高度，说道："能给我上红酒吗？"

我站起身，去拿了一瓶红酒。

"桃香气喘吁吁地说，刚刚在秘密小屋附近看到一个可疑人物。其实那人是刻子奶奶店里的熟客。"

"小桃是这么说的？她清楚地说出了古濑先生的姓氏？"

"是啊。她说这位古濑先生基本上算是个亲切和蔼的人，但是与女人接触时态度很有问题，一些不自觉的性骚扰或精神侮辱越来越过分，还总是做出类似尾随跟踪的不妥行为。而现在遭受其害的不是别人，正是金栗惠麻。"

原来，平日里金栗小姐会找小桃诉说烦恼，这当中也有一些同级校友的情分。

"她说，那个男人在这么晚的时间，没有任何征兆地从市区跑到这么偏远的地方，而且出现在我名下的秘密小屋附近。搞不好，古濑认为金栗小姐在那个秘密小屋里留宿，心生了什么邪念，想去看看那里面的情况。"

"恕我八卦地问一句，大哥，你之前有没有邀请过猪狩真须美小姐去秘密小屋，而不是去别墅？"

咳咳——大哥轻咳了一下，然后将酒瓶里倒出的红酒一饮而尽。

"去过是吧。那就对了。古濑先生和那个女人，跟猪狩小姐打听的不仅有别墅的地址，还问出了那个秘密小屋在哪里。"

"梦里的桃香说，每次金栗惠麻来找她商量古濑那些麻烦事时，总是一副很害怕的样子。那种乍一看很谦逊的男人，一旦事情无法如自己所愿，搞不好就会性情大变。要是他一直执迷不悟地纠缠不休，可能会做出伤害他人的糟糕之事。当时的桃香看着相当认真，也很是担心的样子。"

"然后，小桃就急了，觉得这样不行。她认为古濑先生去秘密小屋偷窥，发现金栗小姐不在那边之后，说不定这次会找到别墅这边来。"

"我真的很佩服她。虽说人不可貌相，但桃香这孩子，总是一身侠气。"

"虽然在那当下，小桃依然认定从秘密小屋到别墅需要三十多分钟的车程，但为了防止发生最坏的情况，她做好了长距离、长时间赶路的心理准备，跟在古濑身后追来。"

"结果，没花五分钟就回到了别墅，她肯定震惊到无语了吧。"

"小桃是一个人去追古濑先生的吗？"

"不是，她说和素央一起来的。只不过，她没空跟素央好好解释古濑这个人的情况，就不由分说地说了一句类似'总之跟着我走就是了'这样的话。"

原来是这么回事。难怪比小桃晚一些进入屋内的阿素碰见了正广，即便听到正广跟他说时广打来了内线电话，以及金栗小姐不见人影等情况，接受信息时的反应仍有点慢半拍。

如果阿素知道小桃那场"古濑先生追踪戏码"是因为担心金栗小姐的安全，在那种场合下，与正广的对话内容应该会有所不同吧。

"我不清楚素央是迷了路还是怎么的，他好像迟了一些才到。在我和桃香聊着的时候，后门又有人按铃。我一看监视器屏幕，见是素央，就立刻让他进屋了。"

"得到小桃的提醒后，大哥马上用内线电话联系了正广，跟他确认金栗小姐是否安全。"

"你知道得真清楚。"

"我在我自己的预知梦里，听正广这么说的。"

"这样啊。这么说，刚刚我说的那些有可能在星期六晚上发生的、以我为第一版本的情形，在你那边的预知梦里，也从头到尾都发生过啊。"

这个"第一版本"的说法，在这种多重套娃式结构的预知梦里，或许是一种便于将各种内容进行分类的方法。

"离开大哥的房间后，小桃直接去了兰兰的房间。"

"这一部分我看不到，没什么好说的。"

"然后，在小桃之后进入大哥房间的人……是金栗小姐。"

"嗯嗯，没错。"

"她用了什么借口进去的？"

"好像说有一件很急的事情要跟我商量。"

"然后，你就让她进去了。"

"毕竟我刚刚听桃香说了那么危险的事情。"

"也难怪了。从大哥的角度来说，会下意识地以为对方来找你商量的，就是小桃看到的那个可疑人物，也就是跟古濑先生有关的事。"

"结果，我的脑袋突然被什么东西打了一下。还没等明白是怎么一回事，又感受到一股强烈且毫不留情的力量。在意识渐渐远去之时，虽然不清楚又会发生什么事，但能感觉到一些绳状物体缠到我的脖子上……"

"然后呢……"

"然后，一切都变暗了。"

在时广被杀之后，小桃、正广、阿素和兰兰，所有人都被金栗小姐杀害了。这些事他当然是不知道的。

关于那个"相安无事的星期六"的惨剧详情，我反而没跟时广解释。

事到如今，就算让大哥知道细节也于事无补了，甚至会让他产生不祥的预感。

"我以为自己死掉了……结果，居然还在预知梦里。"

在预知梦里做预知梦，这些套娃式的内容，从这里开始应该归为第二版本了吧。

"梦里又是八月十七日星期六。严谨地说，剧情应该算是从前一天开始。素央说有急事必须去一趟东京，所以不去别墅了。"

"他是从机场给你打电话的，说一会儿飞机就要起飞了。"

"你连这件事都知道，那说明我们的预知梦有不少内容是重合的，包括原本应该发生、结果却没发生的事情。比我料想的还多呢。"

"阿素没来别墅，取而代之，兰兰带来了一个男孩子，说是同在一所大学的男朋友，对吧？"

"没错。"

"正广和他的未婚妻……严格来说，在那当下他们已经做了结婚登记……那场派对也顺利地结束了。"

"正如你所说。"

"没有一个人遭到杀害。"

"如果这就是八月十七日星期六的既定情形，那也无须再担心了。当我暂时放下心里的石头，才发觉这梦刚做到一半。"

原来他的梦是一个三重结构的套娃。

我和阿素的预知梦也是三重结构。只不过我们的情况不一样，关于星期六的预知梦是第一版本和第二版本，而第三重内容是二十一日那天的情况，即我和阿素为了验证案件进行推理讨论的那一幕，听起来有点混乱。

同样是三重结构，但时广通过这些梦预知了星期六的情况。而当时广的主观意识进入第三版本时，大概会陷入一种错觉，以为同一天的内容重复了三次。

"同样是八月十七日星期六，第三版本的内容是……"

严格来说，从这里开始的所有内容，就是"现实中已确定的八月十七日"。

我和阿素在预知梦里并没有看到这第三版本的剧情，相当于没有任何预习就直接去体验了实际上的星期六。

但唯独时广，提前幻视了这个"现实中已确定的星期六"。

"在这个梦里，上一个版本里取消了别墅之行的素央也来到别墅。兰兰的男朋友倒是没来。这跟第一版本的情况差别就大了，包括在别墅里发生的事……"

"大哥并没有死于金栗小姐之手，反倒是金栗小姐和古濑先生被人杀了。"

"在第一版本和第三版本的预知梦里，素央按照约定来到了别墅，然后和桃香在秘密小屋那边过了一晚。明明这个主要条件是一样的，为什么会迎来差别这么大的结局呢？个中原因，直到现在我都觉得是个谜……"

主要原因大概是，我和阿素以某种方式对我们的预知梦进行了干涉吧。

前面说过的，时广的预知梦，与我和阿素的预知梦是不同步的。所以实际上，我和阿素都不曾预知金栗小姐和古濑先生会遭到杀害。归根结底，星期六那天会发生什么情况，我们完全无法预测，可以说全靠临场反应。

而另一厢的时广，通过第三版本的剧情预知了实际上的星期六会发生什么事。

虽然不清楚具体是什么机制，但我带着兰兰去秘密小屋，这个毅然实行的举动正是第一版本和第三版本之间最具决定性的差异之处，且对时广的预知梦造成了影响，这一点肯定是没错的。

"在那个时候，我还在思考自己为什么要让素央和桃香去秘密小屋独处，怎么也想不通。"

"可是，大哥啊，那个时候你……"

"确实。在第三版本的未来剧情里，出现了我跟你说的那句话，听到这个之后我就明白了。'如果素央和桃香是彼此喜欢的，那就应该去摸索能让这个念想开花结果的道路'。我恍然大悟啊。先不说我是不是打从心里这么想的，但这句话不就是最正当不过的说辞吗？"

"'先不说我是不是打从心里这么想的'……这句话听着，怎么那么让人别扭呢。"

"那个三重结构的预知梦，从第一版本到第三版本的剧情是通过三重套娃的结构展现的，而大哥做梦的时间是……八月十日星期六，你刚才是这么说的吧？"

时广没有回答，也没做出任何反应，仿佛一尊雕像一般定住了。

"大哥的三重构造预知梦，是八月十日星期六那天梦到的，这一点是确定的吧？那么第二天——就是十一日星期天，大哥来到我店里，要求我协助你策划的那场戏……这是为什么？"

时广没回应，仍然避开我的视线。

"当时，你只要中止这场戏，就可以阻止别墅惨剧的发生。换句话说，阿素只要选择最接近第二版本的剧情——取消别墅之行，那天就不会有人死……是这么个道理，对吧？"

时广站了起来。

他披上外套。

"对于大哥来说，你的目的实现了。那场戏本身一笔勾销，惨剧的走向也改变了。不对，我敢说，实现目的的，只有大哥一人。"

时广什么话都不说，背对着我，准备走出店门。

"然而，大哥照着自己的剧本，也就是第三版本的剧情去推进这件事。"

时广去推门的手伸到一半停下了，原地伫立不动。

"这是为什么？"

时广保持双手插裤兜的姿势，没有转身。

"这到底是为什么？"

我重复着这句话，终于喊出了最核心的疑点。

如此夹杂着痛苦的吼声，仿佛是我毕生仅有的，同时内心也在恸哭。

"是为了，让金栗小姐和古濑先生被杀的这个未来剧情，变成确定的现实吗？"

时广仍然没有回头，而是自言自语般地低喃道："金栗惠麻，总有一天会杀死我和正广。她是个邪恶的女人。这一点，刻子也不得不承认吧？"

这次轮到我哑口无言了。

"事实上，金栗惠麻这个女人，只要有机会，就会毫不犹豫地杀死已经成为家人的人。正如我在预知梦里亲身经历过的那样。这一点，你是无法否认的。"

我整个人都僵住了。

我从未听过大哥如此冷冰冰的嗓音。

"对于这种女人，你以为我能什么都不说，只是咬着手指放任不管吗？你以为我会任由她厚着脸皮霸占正广妻子的位置吗？"

"可是……"

"虽然我自己也想不通，但是说到底，我就是为了这个目的才那样策划的。"

"什么意思?"

"就是那个让素央和桃香在秘密小屋独处的计划。"

我顿时寒毛直竖。

"这个想法到底是从哪儿冒出来的,我有怎样的思路,直到现在我还是没想明白。但是只要一看那结果,答案就很明显了。你能明白吗?"

有那么一瞬间,我很迷惘,不知道自己正在对峙的是一个怎样的人。

"那一天,如果素央没来别墅,一切都会安安稳稳地结束。可是,素央来别墅了,那只要他按照我的计划和桃香在秘密小屋单独相处,结果就是……"

时广的声音被痰缠住了。

"结果就是,那个女人会死。没错,这才是我的目的。把他们两人单独留在秘密小屋,单凭这一招就可以推倒事件的多米诺骨牌。多米诺骨牌倒下的最后,金栗惠麻会死。没错,我制订了一出连自己都觉得莫名其妙的戏,就是因为预知了这个结果。一切都是为了将那个邪恶的女人从这个世界上抹消。"

"你怎么能这样……明明知道结局如何,而且自己是唯一能避免这个结局的人,却不去阻止,还积极地推进原先的剧本。"

如果你站在我的立场,你会怎么做——我以为他接下来会抛来这样的问题,心里已经做好了准备,却还是被大哥的一句话戳中了软肋。

"归根结底,这算是一种反向的煤气灯效应吧?"

"什么意思?"

"你刚刚看的那部电影啊。源于《煤气灯下》这部电影的煤气灯效应，本来指的是利用记忆、知觉的错乱，让受害者怀疑自己是否精神正常的操控手段。电影里的凶手做了点手脚，让不会闪烁的煤气灯忽明忽暗，将女主人公一步步逼入精神世界的绝境，而且刻意告诉她错误的消息，以此扰乱对方辨认现实的能力——也就是所谓的精神虐待。不过，若是将这种方法反向利用，说不定是一种精神方面的救济手段……至少对我来说是这样的。没错，于我而言……这就是一种心灵的救济。"

"你……你究竟，在胡说些什么？"

"很简单。电影里的女主人公，一直被凶手责备，说她'不正常，不正常'，导致她精神方面出现异常。我只不过是将这种方式反向用在自己身上。也就是说，不管我打算做什么，都对自己说'我很正常，我很正常，我再正常不过了'……"

我无法理解大哥想表达什么。虽然不理解，但我能看出，他不正常。

"活得太久了。"

"谁？"

"不是金栗惠麻，是我。我活得太久了。"

"什么意思？"

"回想一下，或许我早就该……早在六年前就该让自己的人生落下帷幕了。"

六年前？他说的六年前是指……啊！

"大哥……"

难道说……

六年前发生了什么事吗？我能想到的重大事件，只有那一件。

有末果绪被小桃的亲生父亲轰木克巳杀害了……而且，起因就是时广把果绪的个人信息泄露给了凶手。

"大、大哥！"

"我心里是明白的。我知道那个男人打算做什么。我很清楚那人问出末果绪的住址之后，会对她做出怎样的事情……我通过预知梦知道了。"

"难道说……难、难不成，你是故意……故意告诉轰木克巳的？你故意把果绪的地址告诉他了？"

当啷啷，开门铃铛响了。

"等一下！为什么？你为什么要那么做？为什么啊？你明明知道果绪会遭遇什么，为什么还要做出那么过分、那么愚蠢的事……"

"总归就是一句话……或许是因为，我无法原谅吧。"

开到一半的店门被他关上了，铃铛再次响起。这声音，听着很是刺耳。

"什么……无法原谅……是指大哥，你无法原谅果绪吗？"

"那个女人控制了大姐的身心，我实在饶不了她。"

"大哥！"

我悲痛欲绝地发出一声呐喊。

这一嗓子，搞不好会吓得邻居们去报警。

"大姐脑子糊涂了。明明自己是有夫之妇，还跟一个年轻的女人有不正当的关系。不仅如此，还让自己的独生子跟那个女人结婚，这简直就不正常。正常人哪会做出这样的事。"

难道我说错了吗——如果他敢这么问，我会用尽所有力气反驳一句"当然是错的"，然而他没有。

"那个女人搅乱了一切。她把年枝大姐迷得失常了。大姐本应该走上一条正经人该有的生存之道，可那条路被那个女人摧毁了。"

当啷啷,开门铃铛又响了。

"时广……"

大哥用力打开店门走出去。而我耗尽全部心力能做的,也只是对着他的背影丢出这么一句严厉的话:"请你再也不要到我店里来。"

大哥的身子有些许晃动。

看起来像是对我那句话表示点头认同,又像是纯粹的耸肩表示无所谓。

他离开了。

这是我最后一次看到他活在世上的模样。

"PARALLEL FICTIONAL" by YASUHIKO NISHIZAWA
Copyright © 2022 Yasuhiko NISHIZAWA
All Rights Reserved.
Original Japanese edition published by SHODENSHA Publishing Co., Ltd., Tokyo.
This Simplified Chinese Language Edition is published by arrangement with SHODENSHA Publishing Co., Ltd., Tokyo. through East West Culture & Media Co., Ltd., Tokyo.
Simplified Chinese edition copyright: 2024 New Star Press Co., Ltd. All rights reserved.

图书在版编目（CIP）数据

平行物语 /（日）西泽保彦著；徐嘉悦译 . -- 北京：新星出版社, 2024.11. -- ISBN 978-7-5133-5779-1

Ⅰ . I313.45

中国国家版本馆 CIP 数据核字第 202450JL02 号

午夜文库
谢刚 主持

平行物语

[日] 西泽保彦 著；徐嘉悦 译

责任编辑	王　萌	责任校对	刘　义
责任印制	李珊珊	封面绘图	猫　一
装帧设计	冷暖儿		

出 版 人　马汝军
出版发行　新星出版社
　　　　　（北京市西城区车公庄大街丙 3 号楼 8001　100044）
网　　址　www.newstarpress.com
法律顾问　北京市岳成律师事务所
印　　刷　北京天恒嘉业印刷有限公司
开　　本　910mm×1230mm　1/32
印　　张　6.625
字　　数　88 千字
版　　次　2024 年 11 月第 1 版　2024 年 11 月第 1 次印刷
书　　号　ISBN 978-7-5133-5779-1
定　　价　52.00 元

版权专有，侵权必究。如有印装错误，请与出版社联系。
总机：010-88310888　传真：010-65270449　销售中心：010-88310811